京传奇文物书系

城传奇

窦忠如 著

北京出版集团
北京出版社

图书在版编目（CIP）数据

长城传奇 / 窦忠如著. — 北京：北京出版社，2024.5
（中华传奇文物书系）
ISBN 978-7-200-18286-6

Ⅰ.①长… Ⅱ.①窦… Ⅲ.①纪实文学—作品集—中国—当代 Ⅳ.①I25

中国国家版本馆CIP数据核字(2023)第187813号

中华传奇文物书系
长城传奇
CHANGCHENG CHUANQI
窦忠如 著

*

北 京 出 版 集 团
北 京 出 版 社 出版
（北京北三环中路6号）
邮政编码：100120

网　　址：www.bph.com.cn
北京出版集团总发行
新 华 书 店 经 销
北京华联印刷有限公司印刷

*

170毫米×240毫米　12.5印张　182千字
2024年5月第1版　2024年5月第1次印刷
ISBN 978-7-200-18286-6
定价：68.00元
如有印装质量问题，由本社负责调换
质量监督电话：010-58572393

目录 contents

- **以长城的名义诠释奇迹** 1
  - 政协委员的提案 1
  - 一项非凡的军事工程 7
  - 民族融合的历史见证 13
  - 万世流芳一建筑 19
  - 精神圣地的完美诠释 28

- **千秋万代的世纪工程** 34
  - 诞生在战火硝烟中 34
  - 始皇帝的功过是非 38
  - 强汉其实屡遭欺 43
  - 朝代频迭筑城忙 50
  - 战略指导上的失策 57

三朝不筑长城的缘故 64
　　大唐气度 64
　　一代天骄也筑城？ 70
　　恩威并济筑"长城" 76

长城内外硝烟起 84
　　七雄争霸归一统 84
　　"飞将军"的胆识 90
　　"杨家将"苦战雁门关 95
　　铁木真两破居庸关 98
　　明英宗龙困土木堡 103
　　"李闯王"成败山海关 109
　　硝烟弥漫娘子关 116
　　平型关上传捷报 121

雄关险隘竞风流 126
　　山海关 126
　　嘉峪关 128
　　居庸关 130
　　八达岭 134
　　雁门关 135
　　娘子关 136
　　玉门关 137
　　慕田峪 139
　　司马台 140

黄崖关 ·· 142

长城谜题知多少 ································ 144
　　长城到底有多长？ ···························· 144
　　长城最东端在哪儿？ ·························· 145
　　谁是"天下第一关"？ ·························· 147
　　长城砖石是怎样运上去的？ ···················· 150
　　孟姜女哭长城是真是假？ ······················ 151

长城文学的魅力 ································ 153
　　长城文学的起源 ······························ 153
　　长城诗词浩如海 ······························ 156
　　长城与边塞诗词 ······························ 163
　　"绿色长城"有颂歌 ···························· 172
　　长城楹联当长存 ······························ 176

苍龙流泪到何时 ································ 183
　　苍龙浊泪 ···································· 183
　　"非常时期"非常措施 ·························· 186
　　全民动员护长城 ······························ 190

以长城的名义诠释奇迹

记得世人曾将意大利罗马大角斗场、埃及亚历山大地下陵墓、中国万里长城、英国巨石阵、中国南京大报恩寺琉璃塔、意大利比萨斜塔和土耳其索菲亚大教堂称为"中古世界七大奇迹"。确实，长城就是奇迹，世间绝无仅有的奇迹。这是任何人刚认识长城时，都会在心底为它所下的定义。不过，单纯地把长城称为奇迹，实在不足以全面表现长城的真正内涵。那么，长城这条纵横十万里、历经两千余年的莽莽苍龙，到底有着怎样的不朽和辉煌呢？

◎ 政协委员的提案

1987年，以长城为首的中国6处历史遗迹被顺利列入《世界遗产名录》。随后，中国各地申报世界遗产的活动可谓是风起云涌。当然，中国人在饱览自家大好河山的同时，也对先人和大自然留下的各种遗产进行了全新思考。不过，人们应该记住启发世人对遗产和旅游产生一种新的理念，从而使今天的人们能够很平常地就沐浴到历史与自然慧光的那个人——侯仁之。

1984年，全国政协委员、著名历史地理学家、北京大学教授侯仁之先生应美国康奈尔大学的邀请，在赴该校进行学术研究期间，偶然得知联合国教科文组织有一项《保护世界文化和自然遗产公约》的信息，就专门找来该公约了解内情。通过阅读，侯先生得知该公约旨在对全球有重大价值的文化古迹和自然景观进行科学认证，并通过国际合作，对签约国无力保护的人类重要的文化和自然遗产进行全方位的有效救护。侯先生得此信息，如获至宝，但他在懊

侯仁之在全国政协第六届三次会议上的提案手稿

悔中国尚未加入该公约的同时，又暗自庆幸自己的这趟美国之行。回到中国后，侯先生于1985年4月以全国政协委员身份提交了一份建议中国应该尽早加入该公约的提案。侯先生也许是感到自己一个人有些势单力薄，于是就联合著名城市规划专家郑孝燮、著名文物古建筑专家罗哲文和著名生物学家阳含熙等3位全国政协委员共同在提案上签了名。终于，提案获得通过。此后不久，中国正式成为《保护世界文化和自然遗产公约》的签约国。

如此，1987年将中国长城等闻名遐迩的6处古迹列入《世界遗产名录》，就是顺理成章的了。不过，顺理成章的背后，国人似乎首先应该感谢以侯先生为首的几位全国政协委员，如果没有他们将中

国国宝向世人展现的动议，恐怕中国加入世界遗产委员会，成为保护世界遗产缔约国还要往后推迟许多年。同样，如果当初没有侯先生几人的提议，如今中国已有的57项世界遗产级瑰宝，世人也许还难以揭开它们的神秘面纱，得以窥见其万千迷人的容颜。

其实，中国在1985年加入世界遗产公约时，已经迟于其他国家13年之久了。虽然说，中国现今被列入世界遗产名录的遗产总数名列世界第一位，但是对于泱泱几千年的中华文明古国来讲，这个数量实在还显得远远不够。2003年1月30日下午，当笔者拜访侯先生的高足、北京大学世界遗产研究中心主任谢凝高教授时，他说中国有资格列入《世

"中国保护世界遗产走过20年"纪念座谈会

2005年12月，在"中国保护世界遗产走过20年"纪念座谈会上，全国政协副主席周铁农（左四）为联名提案的四位老委员颁发政协会徽铜盘（左一为阳含熙，左三为郑孝燮，左五为罗哲文，右二为侯仁之长子侯方兴）。

界遗产名录》的人文古迹和自然景观有百余处之多,世界遗产的总数虽然是世界第一,但仍有许多有重大价值的遗产未能列入名录。不过,世界遗产委员会现在不知为何每年却限制各成员国申报列入遗产名录的数量。对此,谢教授表示愤愤不平,打算有机会向世界遗产委员会驻北京有关机构反映这一问题。同时,谢教授还对中国现有的世界遗产保护状况表示不安和忧虑。

手边没有资料可以得知,是何人在联合国教科文组织第17届会议上提出倡议成立世界遗产委员会的,并于当年即1972年11月在会议地法国巴黎联合国教科文组织通过了《保护世界文化和自然遗产公约》。但是,能够始终不忘祖先和自然给世人留下的珍贵遗产,并动议全人类都加入对它们的保护行列,这实在称得上是一个有远见的人。为此,所有热爱自然和尊重历史的人都应该向他致敬!

当然,应该接受敬意的,还有订立《保护世界文化和自然遗产公约》的委员和专家们。这不仅是因为世界遗产这个概念从此正式诞生,而且有心人在仔细研读《保护世界文化和自然遗产公约》的条款后,就不难发现这些规定的无比严密性和科学性,那真是一项高明创举。那么,哪些内容属于世界遗产范畴呢,世界遗产又可分为几类呢,符合怎样的条件才能被列入《世界遗产名录》呢,成为世界遗产又有怎样的重大意义呢?

世界遗产标志

中国于1985年12月12日正式加入《保护世界文化和自然遗产公约》,1986年开始向联合国教科文组织申报世界遗产项目。1999年10月29日,中国当选为世界遗产委员会成员。

翻开《保护世界文化和自然遗产公约》，其采取列举方法对世界遗产定义进行科学诠释。遵照世界遗产委员会的宗旨，人们将世界遗产分为三类：世界文化遗产（包含文化景观）、世界自然遗产、世界文化与自然双重遗产。对于文化景观遗产这一概念的提出，是在1992年世界遗产委员会第16届会议上，但直到1994年才被正式确定为世界遗产的一种类型。它的主要特征是符合《保护世界文化和自然遗产公约》中第一条的表述，即"自然和人类的共同作品"。当然，它更强调对人类历史上曾经存在的可持续发展的理念和传统，而绝对不是指对自然的人为破坏。江西庐山成为中国第一处被列入《世界遗产名录》的文化景观，就是这方面的突出代表。而属于文化遗产范畴的万里长城，不仅涵盖了文化遗产中关于文物、建筑群和遗址等3个方面内容的表述，且在这3个方面还都有着非同寻常的典型意义。当然，入选《世界遗产名录》，不仅申报程序严格、复杂，需要做的前期准备工作繁多，且入选标准也十分苛刻。特别是入选后，如果缔约国因保护不力而造成遗产毁坏的，将被列入《濒危遗产名录》，甚至有从《世界遗产名录》中被除名的危险。

虽然长城入选没有经过复杂的申报程序，但并不妨碍我们逐一对照登录世界文化遗产名录的6项标准：1.必须代表一种独特的艺术成就，是一种创造性的天才杰作；2.在一定的时期内或者世界某一个特定的文化区域内，反映了人类有关建筑艺术或纪念性建筑物艺术的观念转变；3.为一种已消失的文明或文化传统提供一种独特的至少是特殊的见证；4.作为人类历史上一个重要阶段的代表性建筑，能够反映这个时代的建筑或景观的杰出范例；5.代表某一个或数个文化的人类传统聚落的出色典范——特别是这些文化因为难以抗拒的历史潮流正处于消亡危机中；6.与具特殊普遍意义的事件、传统习惯、思想、信仰或文学艺术，有直接或实质的联系（注：只有在某些特殊情况下或与其他标准一起使用时，此款才能成为登录《世界遗产名录》的理由）。

人们知道保留有诸多明清遗存和刻意追求山水优美意境的苏州园林，被毫

八达岭长城

　　八达岭长城是万里长城对外展示的窗口之一。长城是人类文明史上最伟大的建筑工程之一,其工程之浩繁,气势之雄伟,堪称世界奇迹。

无疑问地列入《世界遗产名录》是因为符合世界文化遗产上述的所有标准。而许多人却不知道中国首批未经申请就被列入《世界遗产名录》的长城,联合国教科文组织有关官员是如何对它评定的。不过,如果仔细揣摩一下就不难发现,它似乎也同样囊括了符合世界文化遗产的所有标准。

　　如此观照《保护世界文化和自然遗产公约》这一具有深远影响的国际性准则,世人不能不对它的科学性和权威性表示赞同和佩服。它既对全球范围内所有重要的自然和文化遗产进行认证与确定,让

世人能够像今天这样如此明晰地认识到这些遗产的普遍价值和突出意义，又赋予人类对它们不可懈怠的保护责任。当然，责、权、利从来就是相互关联而又不可分割的。在欣赏和保护这些人类遗产的时候，人们同样从中得到了无比的精神愉悦和无尽的物质财富。如此，我们用以手加额的方式来表示幸运和赞礼，应该不为过吧？

◎ 一项非凡的军事工程

作为中国古代一项伟大的军事工程，长城在历史上曾经起到过无比非凡的功用。然而，如今的长城早已完成了它神圣的历史使命，而成为中华民族不朽

箭扣长城

长城在古代军事上有着极其重要的防御作用，都是依着山岭、河流等险要地形修筑，而且在特别险要的地方建筑关塞，修成双重以至多重的城墙，层层设防。

文明和永恒精神的象征。但是，万里长城在历史上的军事功用依然闪烁着耀眼光芒。

在中国古代典籍中，长城曾有过许多称谓，诸如塞、塞垣、边、边墙、长堑、城堑、墙堑、亭障、亭塞、烽燧，以及最早的楚国"方城"等。作为一项巨大的军事工程，长城主要还是以墙垣为主，当然，后来发展到包括关隘、哨所、兵营和储藏库等配套设施，特别重要的关隘处还有多层次的纵深防御。这些都反映了古代中国军人在军事地形学方面的真知灼见，也透露出许多深邃的军事谋

略。那么，长城的军事功用到底体现在哪呢？

作为军事工程的长城，其主要特点是鲜明而独具特色的。首先是它的建筑布局十分讲究，主要是根据当时整体的军事态势和地形情况而决定。长城选址要求"因地用险制塞"，使天然地形与人工筑城互为补充，所经之处地形之复杂，结构之奇特，在古代建筑工程史上可谓一大奇观。作为长城主体的城墙，随地势而筑，在山地多建在山脊或陡崖上，使其显得更加高峻难攀；在平地通常建在江河沿岸，以形成江河与城墙两重障碍。而长城的关隘，则多设在高山峡谷的险要之处，或是河谷汇合转折之地，或平川往来的必经之路，以少数兵力扼守，即可收"一夫当关，万夫莫开"之功效。

此外，在重要关隘内外还建有独立的城堡，作为屯兵、储粮之所，亦作掩护、支援之需。不过，虽与长城城墙没有连成一体的敌楼或烽燧，同样是长城防线上的重要附属设施，其多建于山顶、高岗的视野开阔之处，有敌来犯时，白天燃烟，黑夜举火，专供传送军情所用。这种以城墙为依托，关隘和敌楼为防守重点，以烽燧为前哨，点线结合、以点护面的防御形式，实则形成一个极为完整的军事工程体系，堪称世界军事建筑史上的一个不朽创举和奇迹。

特色鲜明的长城建筑，还与整个国家的军事防御体系相适应。关于这一点，我们以明朝军事防御体系与长城的关系为例来进行系统阐述，因为明朝不仅修筑长城时间最长、建筑技术最精妙，而且其在长城沿线的军事部署也是十分完备的。

第一，明朝的中央军事机构——兵部，是奉皇帝之命掌管着长城沿线及全国的军事战略。当有战争发生时，由皇帝直接任命兵部尚书（相当于今天的国防部长）或另派大臣总督军务，有时皇帝也亲自统率军队出征。当然，这一机构并不设在长城边关，而是在首都的皇城之内，即皇帝身边，但它直接掌管着长城沿线各镇的军务。

明长城空心敌楼剖视图

　　敌楼也叫敌台，高出城墙之上，有两层、三层的。台上中间修有船形小屋，四面修有垛墙，墙上开有垛口。台和楼里面可以驻兵、存粮、藏武器，以抗击来犯的敌人。

第二，明朝在长城沿线设置了各"镇"，负责其军事管理区。据《明史·兵志》中记载：长城沿线的军事防御力量很强，东起鸭绿江，西抵嘉峪关，绵亘万里，分地守御，初设辽东、宣府、大同、延绥四镇，继设宁夏、甘肃、蓟州三镇，又设山西、固原两镇。谓之九边重镇。每镇设有总兵（又称镇守）指挥本镇所辖长城沿线的兵马，平时守卫本镇长城，有警时则受兵部或皇帝所派大臣的指挥，救援其他地方的军事防务。每镇兵员大约在10万人左右，随着长城防守的需要也时有增减。为了加强京城的防务和保护帝陵（今明十三陵）的需要，于嘉靖三十年（1551）又在北京西北增设了昌镇和真保镇，共为十一镇。

第三，有些镇因为防守地段复杂，按照实际情况还可以分设几"路"进行防守。"路"的军事头

明长城九镇示意图

为了加强长城的防务和指挥调遣长城沿线的兵力，并经常修缮长城关隘，明初把长城沿线划分成为九个防守区段，称为"九边"，每边设镇守（总兵），谓之九边重镇。

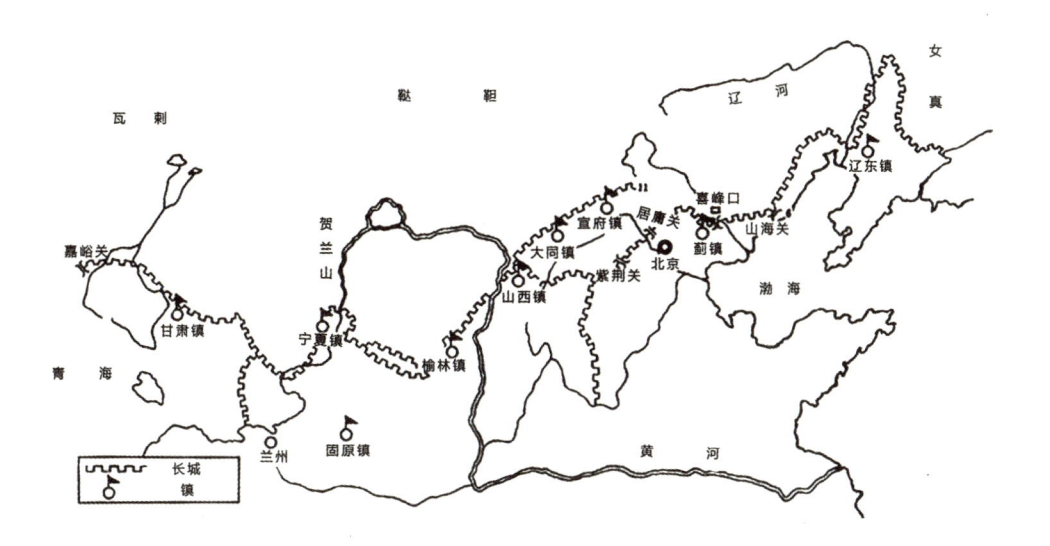

目一般以守备任之，所驻地点也大多在重要的关城地带。比如明朝的山海关路，就管辖着附近10多处关隘，而守备则驻在山海关的城内。

第四，依靠长城线上的关城和隘口进行防御，这是长城线上的重要据点。这些关城或隘口，负责管辖附近一段长城的巡防，并支援相邻关隘的防务。重要的关口设有守备把守，次要关口则设千总把守。守备所辖的兵员没有一定限额，据文献中记载说：山海关、居庸关和嘉峪关的守备所辖兵员都在数百人至千人左右。

第五，城堡是长城防线上的基本军事单位。城堡的设置，有沿长城一线的，也有在长城内外纵深排列的，城堡内有烽火报警设备，还驻守有一定的

八达岭长城烽火台原貌

烽火台，也称作烽燧、烽堠、烽台、烟墩、墩台、狼烟台、亭、燧等。汉代称作亭、燧，有时并称亭燧。唐、宋称作烽台。明朝称作烟墩、墩台等。是利用烽火、烟气以传递军情的建筑。

兵力，设一名千总或把总负责管理。当然，守兵的数目也是不等的，视地形情况而定。

第六，利用敌台或敌楼阻击敌人。跨建在长城城墙上的敌台，上面既可驻守巡逻、眺望或打击来犯之敌，还可以储备一定的粮食和武器，驻守士兵人数也是不等的。

第七，就是设有烟墩或墩台，也有叫烽火台的，是专门用来传递军情报警的。当然，墩台或烟墩上驻有少量守备士兵，不仅负责点火、燃烟报警，同时还得防备敌人逼近时进行抗击。另外，由于明朝军队已经配备火炮装置，故在长城重要地带两侧修筑了许多城堡、敌楼和墩台，并在一些城堡周围加筑罗城或翼城，用以增加防御层次，加大防御纵深，形成多重防御工事。

如此，长城的军事功用简直达到了一种极致。那么，单纯依靠长城的防守就能够保证一个朝代的千秋稳定吗？答案是否定的，因长城某处关隘失守而导致王朝灭亡的例子不胜枚举。不过，即便如此也不能抹杀长城在中国历史上伟大的军事功用，以及由此而留给后人借鉴的经验或教训。这应该说是长城的又一历史功用吧？

◎ 民族融合的历史见证

在世人的印象中，长城作为军事工程早已见惯了血雨腥风的战争杀戮。而对于中国历史上几次少数民族跃马长城，一统中国或与中原王朝分庭抗礼，都理所当然地被视为战争。战争，无疑昭示着人民的灾难，而对于由此所产生的社会进步意义——民族的大融合几无重视。对于长城在其中的作用，似乎更是扯不上什么关系。其实，中国历史上每一次的民族融合与进步，几乎都离不开长城这一中介。所以，从某种意义上说长城是民族融合的历史见证。关于这一点，自古以来有识之士不存异议。

长城，在常人眼里说到底只是一项浩大非凡的军事工程，一个举世无双的人间奇迹，一处人们接受精神洗礼的首选之地。然而，长城之所以不经申请就被列入《世界遗产名录》，其历史、文化、社会、经济和军事等价值绝非常人一般性游览就能明了的。记得有一位史学家说，从某种意义上讲长城既是中国农垦区与游牧区的分界线，又是中原汉民族与边疆少数民族融合的分水岭。所以说，长城在一定程度上既阻碍了中华民族大融合的历史进程，又在不知不觉中扮演了这一历史进程的见证者。有人将这个历史过程形象地比喻为中华各民族及其经济文化不断融合的"搅拌运动"，当然这种"搅拌运动"往往又是伴随着战争的发生或经济的发展而产生的。

确实，当人们翻开中华民族迁徙融合的历史画卷，不难发现似乎中国历史上一个又一个民族在它们形成、发展或者分化、聚合的过程中，总是在不断地扩展或者更换自己的活动地域，进行或大或小的迁徙流动，也就是说或大或小的战争行为。这种民族的迁徙流动也好，战争行为也罢，有时发生在某个局部地区，有时又成为席卷全国的滚滚浪潮。这种浪潮在中华民族历史上未曾断绝，今后同样会绵绵无期，只是人们希望永远不要以战争的形式出现罢了。

希望永远不会消失，而战争也不会因为人们良好的愿望而不再发生。所以，今天的我们还是先来看看战争对于民族融合的历史作用吧。中原汉族人思想中历来就只有中原才是"世界中心"的优越感，除非是获罪的犯人囚徒被发配，或者由于不得已而为之等原因，否则他们是不屑于向边疆苦寒地界自动迁徙的。由此而知，这种"搅拌运动"首先是由游牧于边疆的少数民族发起的。对于北方少数民族这种为生存而采取攻伐掠夺行动的根源，中国著名的历史学家翦伯赞先生曾经剖析说：

北方无边草原上的广阔天地不仅是古代游牧民族的历史摇篮，而且也是他

明妃出塞图

  明代仇英绘，故宫博物院藏。明妃即王昭君，出塞即出边塞、长城。昭君出塞嫁匈奴呼韩邪单于的历史故事，侧面反映了民族融合的史实。

们的武器库、粮仓和练兵场。他们利用这里优越的自然条件，繁殖自己的民族，武装自己的军队，然后以此为出发点，由东而西走上历史的舞台，展开他们的历史性活动。这些牧民、骑手或战士，总想把万里长城打破一个缺口，走进黄河流域。鲜卑人、契丹人、女真人、蒙古人莫不如此。

在这里，翦老先生非常形象地描述了旧时北方游牧民族长途跋涉的历史画卷，也隐喻了他们跃马千里与中原汉民族交战的史实。

当然，这种战争无论是哪一方胜利，其结果都只有一个，那就是民族的融合。边疆少数民族获胜后，他们大量内迁人民参与中原的经济建设，而且还借机劫掠中原地区的人口和物资到游牧地区，从而发展自身的经济生产。特别是曾入主中原的少数民族，如北方的匈奴、鲜卑、羯、氐、羌等在中原建立各自政权时，就曾不断地加速自己民族的内迁，从而形成中国历史上民族大迁徙、大融合的一个又一个高潮。据史书上记载说，仅仅在两晋时期，迁入中原地区的匈奴人就有20多万。而北魏初期，道武帝为了加强拓跋政权的统治，填充由于战乱造成锐减的人口数量，一次性就从边疆地区迁移少数民族人口达30余万众，其规模之大、人口之多，可以说是世间少见。然而，道武帝并非仅仅进行这一次移民，如此在他统治时期内究竟有多少人口内徙，其数字就实在难以统计了。

另外，留在塞外的北方民族也并非原地不动，经常有自然或人为的原因促使他们变换自己的活动领域，寻求新的发展空间。一般来说，其迁徙路线是沿着连接欧亚大陆的草原地带向西流动，对于牧民来说，这是一条水草丰茂的食物供给走廊。每当遇有大的自然灾害如旱灾、雪灾等，或遭到强大外敌的征伐时，他们就赶着牲畜踏上这条自然生态带向西部转移。

同样，中原王朝一统天下的时候，也会为了加强防务而对边疆地区进行开发，于是战争过后稍事休养生息，统治者就会有计划地向边疆地区进行移

民。在历史上，不仅汉武帝曾大批征调、迁徙上百万汉族人到少数民族地区屯垦戍边，成为当地的永久居民，就连清乾隆盛世时，也有大批中原汉民出山海关到东北开荒垦地，而这些人在站稳脚跟后，又从家乡呼朋唤友，以至人数逐渐增多，大大促进了中原汉民族与边疆少数民族的融合。

历史上的民族迁徙与融合，从经济地理学的角度看，主要是农业和牧业两大经济区域间的人口互动。除了战争因素外，其中最基本的原因则是在于社会经济方面。而划分农牧两区的地理界线，大体上就是从春秋战国时开始修筑直到今天依然存在的万里长城。

由于古代社会经济的分工不同，随着时间推移又逐渐发展演化为民族之间的不同分工。其格局大致是，中原汉民族主要以农耕经济为主，过一种聚集定居的稳定生活，物质保障较为丰富和稳固。而北方游牧民族则主要从事畜牧业，要"逐水草而居"，过那种不断迁移的流动生活，其物质生活对自然条件的依赖性较大，一旦遭遇灾荒年景，他们

西晋各少数民族内迁和北方流民南迁

魏晋南北朝时期，北方各少数民族向中原的迁徙达到前所未有的规模，而北方流民南迁也加速了民族融合的进程，由此而掀起了中国古代史上民族迁徙的又一次高潮。

就会成群结队地外出觅活，于是不断迁徙流动就成了他们抵御自然灾害的一种重要谋生手段。

当然，长期驰骋游动于广阔草原上的这些骑手们，大都骑术精湛，而且继承了他们祖先遗传的尚武杀伐的基因，这些都为他们积极主动迁徙和扩张奠定了基础。同时，再加上地理环境和经济条件的限制，他们不可能向北方寒苦地带移动，所以富庶的中原农垦区就成为他们最佳的选择地。当然，我们今天分析这个"搅拌运动"的历史意义，无疑还可以清晰地明了其中的积极作用。这就是，一方面周边民族与文化能够不断地向中原汇聚，从而使中原族体得以壮大、文化得以丰富，最终逐步形成和奠定了中华民族的博大根基；另一方面中原民族和文化也不断向周围扩散，在人员流动的同时，把凝结了各族人民的智慧和创造，也就是说，比较先进的文化科技成果带到边疆，从而又促进了边疆的经

匈奴人和月氏人的迁移

公元前2世纪，生活在河西走廊西部张掖至敦煌一带的月氏人在匈奴的打击下，大部分西迁（大月氏），后建立贵霜帝国。匈奴人在汉王朝的不断进攻下分裂为南匈奴和北匈奴，南匈奴依附于汉王朝，北匈奴一路向西迁移，数百年后到达欧洲。魏晋时期南匈奴南下进入中原地区。

营开发和周围民族的共同发展。

除了上述的战争和经济原因外，还有就是人民不堪忍受统治阶级严苛的剥削与压榨，为生存所迫不得不离开富庶的中原。他们或单身一人在外闯荡，待创业有成又招呼亲友到边疆共同发展；或举家搬迁，永远离开世代繁衍的生息之地。

无论是出于何种原因，也无论它表现为哪种形式，从整体和长远的意义上来看，民族迁徙所起到的积极作用是主要的。每一次民族迁徙的高潮过后，随之而来的就是各民族之间凝聚力的增强和民族大融合的出现。这一运动的总趋势，是使分散在中华大地上的各个族体不断得以会聚，其范围之广阔、民族之众多，是世界其他国家所无法比拟的。正因如此，才打破了中华各个民族之间的地理隔绝状态，才促进了各民族繁荣多彩的经济、文化的交流与发展，才有力地推动和加速了中华民族间的交流与融合，才有了今天中华56个民族团结奋进的历史盛景。

◎ 万世流芳—建筑

以砖石土木为基本材料的伟大军事工程——长城，实际上是建筑艺术中一件无与伦比的精品。数千年来，始终袒露在世人面前的这件艺术作品，有时候看似粗犷而简单，其实它所包含的底蕴用博大精深来形容并不为过。那么，这样的建筑艺术精品到底有着怎样不同寻常的特点呢？

首先，长城所选择的建筑地点是千变万化的，但始终遵循着一个不变的原则，那就是《史记》中讲的"因地形，用险制塞"。所以，长城行经的地理情况十分复杂，有高山峻岭、大河深谷，也有沙漠草原、戈壁滩石等。在这些地方修筑长城，中国古代军事家们首先想到是要利用这些自然地形的优势，专门选择在一些险要处修筑城墙、关隘、烽燧、烟墩或城堡等建筑物，用以阻击敌

蜿蜒起伏的八达岭长城

《史记·蒙恬列传》上说,蒙恬"筑长城,因地形,用制险塞"。这是一条十分宝贵的筑城经验。这条经验是在前人修筑长城的实践中总结出来的,又得到了广泛的应用。

人的进攻。如此一条宝贵的军事经验,早在秦始皇时代就已充分利用并被肯定了。后来,几乎每一个朝代在修筑长城时都遵循了这一原则。

当然,选择在这样险峻的地方修筑长城,还为了节省建筑材料和时间。试想,假如不利用高山险阻来修筑城墙,那不仅不利于军事防御,花费人力和材料也是十分巨大的。关于这一点,在对长城遗址的调查中发现,在万里长城线上凡是修筑关隘

的，不是在两山之间的狭口，就是河谷汇合的转折之处，或者在平川往来的必经之道。这样，既能便于控制险要，又可节约人力与材料。而修筑烽火台或城堡等，更是要仔细地选择好地形后，才因地制宜地进行修建。至于修筑城墙是如何利用地形的例子，那可以说是随处可见。例如，居庸关—八达岭的城墙之所以都是沿着山脊进行修筑，完全是因为山脊本身就好似一道不可逾越的高墙，而再在"高墙"上修筑城墙则更显得险峻无比。在利用山脊修筑长城的过程中，人们还注意到天然崖壁的作用，如有山脊外侧的巨石悬崖本身即可防御，而内侧则能够供防守士兵自由上下。当然，也有把长城修筑到十分高峻的

慕田峪长城牛犄角边

  此段长城沿着山脊直伸峰顶，在峰顶立一敌楼后又突然翻身沿山脊向下返回，又骤然升起，直到海拔840多米的地方绕了一个大弯，其形状酷似牛犄角。

悬崖处便戛然而止的，因为像这样的地段人是根本不可能上去的，所以也就用不着再修城墙了。

地段选择好之后，解决修筑材料便是十分关键的问题。当然，因地制宜是不变的原则，故建筑材料也就呈现出多样性。最普遍的，就是夯土筑墙或以砖石砌墙，其基础多用条石，而两边墙面就以砖石砌筑，中间则用碎石或三合土进行填充。

不过，也有一些构造特殊的，比如汉朝在多流沙、缺砖石的干旱沙漠地区修筑烽燧长城，就只能采用当地出产的砾石和红柳。在修筑时，汉朝工匠们充分利用砾石的抗压性和柳枝的牵拉性能，把两种材料结合起来砌筑，故那时的城墙十分坚固，经历2000多年风沙雨雪的冲刷，仍有不少地段屹立着高达数米的城墙。而在西北黄土高原地区，只能利用夯土夯筑或用土坯垒砌长城，不过只要夯筑结实，其坚固程度同样不亚于砖石。例如，甘肃嘉峪关的长城墙体，在修筑时就是专门从关西10多千米外的黑山上挖运黄土，在夯筑时使夯口相互咬实，使这种墙体的土质接合得十分密实，也不易变形裂缝。而到了明代修筑长城时，其材料的选择更是讲究，当然选择余地也变得大了许多，故主体不仅用砖块、条石或砖石混合砌筑，墙面还要用白灰浆填缝，既平整严实，又使杂草树根难以在墙缝中留存生长。同时，在墙顶上还设有排水系统，能较好地保护墙身，使其免遭雨水的侵蚀。

长城既然修筑在崇山峻岭之间，建筑材料又各地迥异，再加上那时还没有先进的施工机械和运输工具，施工过程之艰难是可想而知的。今天人们在居庸关—八达岭上所见到的长城，砌墙用的条石有的长达3米，重2000多斤，而长城又修筑在险峻的山脊之上，一般游人连徒手上城都感到十分吃力，试想当时工匠们要将偌大的条石和城砖，以及大量石灰运上山去，其困难程度是难以想象的。关于在修筑长城中是如何把巨大砖石运送上去的，在后面章节中有具体揭示，在此不做赘述。

甘肃酒泉用沙石、芦苇修筑的汉长城

其修筑的方法是铺一层芦苇或红柳枝条，上面铺一层沙石，沙石之上再铺一层芦苇或红柳枝条。这样层层铺筑，一直铺砌到五六米的高度。

选择修筑长城的地段、材料，以及如何运送材料等问题已经不成问题之后，应该考虑的就是如何修筑长城主体了。修筑长城的城墙，首先要砌筑城墙的基础，就是将墙身根基的条石"找平"，即将层层条石平砌，不能紊乱。只有这样，才能使城墙基础受压面的压力均布，不致产生塌陷。关于这一点，人们在居庸关—八达岭长城上可以得到证实，虽然长城巨龙横亘起伏于高峻山岭之间，但是每层墙身的条石都是平行的。其次，在修筑中还要"顺势"，就是说城墙要顺着山岭起伏弯曲的自然形势进行修筑，不能凭着人们的主观规划行事，只有这样才能更好地利用山脊做基础，使之高峻坚固，同时也便于防御。城墙基础打牢之后，就是砌筑城墙的两帮，即在基础上画出外线，把条石层层上砌。当然，考虑到长城的军事功用，在将城墙砌到一定高度之后，便该铺砖砌筑垛口了。砌筑城墙墙面和垛口，一般有两种砌砖方法：一是斜砌；二是梯状平砌。在砌筑坡度不大的墙面时，一般可用斜砌，如果坡度超过45度就得采取梯状平砌了。这种砌法，在山海关外一段长城墙面中有典型体现，它就是采用双重梯状的砌法，把墙面分作许多大梯，高度为1~3米各不相同，而在大梯之内又砌有许多小梯，专供士兵上下攀登，这就十分科学地解决了在非常陡峭的地段修筑城墙的难题。

修筑长城这样庞大的军事工程，施工管理也是一项十分复杂的系统工作。由于长城绵延万里，工地很长，管理起来十分困难。于是，把修筑长城的任务与各地将领的防守地段统一挂钩，采用分区、分片、分段的包干办法。例如，汉朝在修筑河西四郡（武威、张掖、酒泉、敦煌）长城时，就是由四郡郡守负责各自境内长城的修筑，而郡守再把任务分到各段、各防守据点的士兵个人身上。当然，在大项工程和关城的修筑中，则要由郡守统一调集力量去修筑，甚至由中央政府从全国各地征调军队和募集劳力到重点地区去修筑。采取这种分片包干修筑长城的方法，虽然各朝各代不尽相同，但基本原理是相通的。如明

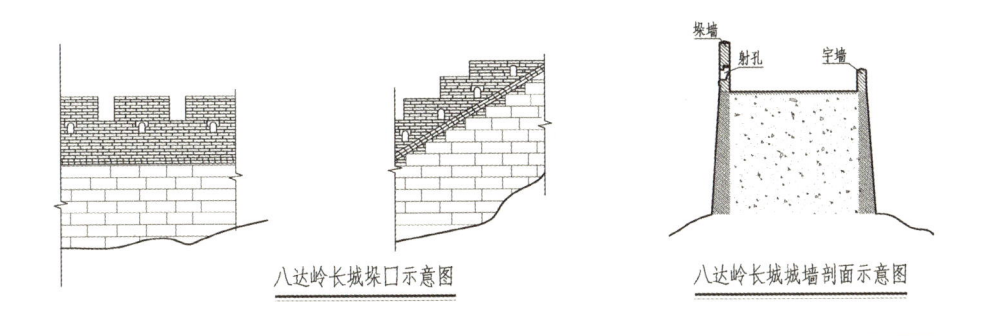

八达岭长城垛口、城墙剖面示意图

垛口、城墙的基础为条石，外墙和宇墙以砖砌筑，中间用碎石或三合土填充。

戚继光像

戚继光（1528—1588年），山东登州（治今蓬莱）人，明朝杰出的军事家、抗倭名将、民族英雄。

朝修筑长城时，就由设在长城沿线的11个重要军事辖区——"镇"，在各自辖区内修筑和管辖长城。例如，山海关外辽东镇的长城就是由提督辽东军务的王翱、指挥佥事毕恭、辽阳副总兵韩斌、都指挥使周俊义以及张学颜、李成梁等人在任辽东镇军事首领时相继修筑而成的。从山海关到居庸关长城沿线上的千座敌台，则是由戚继光任蓟镇总兵时修筑完成的。

关于分片包干修筑长城的办法，曾在八达岭长城上发现有一块记载明朝万历十年（1582年）修筑长城的石碑。从这块石碑的碑文中，我们可以看出当时修筑长城的主力是军队，而方法就是分片包干。兹录这块碑文如下：

钦差山东都司军政佥书、轮领秋防左营官军都督指挥佥事寿春陆文元，奉文分修居庸关路石佛寺地方边墙，东接右骑营工起长柒拾五丈二尺，内石券门一座。督率本营官军修完，遵将管工官员花名竖石，以垂永久。

管工官：

中军代管左部千总济南卫指挥　　刘有本；

右部千总青州左卫指挥　　刘光前；

中部千总济南卫指挥　　宗继先；

官粮把总肥城卫所千户　　张廷胤；

管各项窑厂、石塘办料

署把总：赵从善、刘彦志、宋典、卞迎春、赵元焕。

　　　　万历拾年拾月□日鼎建

从这块石碑的碑文中，我们可以看出修筑这段长城所用官兵及民夫之多，也可得知他们来源于山东济南卫、青州卫、肥城卫等诸多地方。由此还可揣测出，修筑这短短七十丈（约200米）的长城防线，其工程到底是怎样的艰辛。

万历十年分修石佛寺长城城工题名碑（局部）

该碑原镶嵌于八达岭镇石佛寺长城西山顶镇南台上，后脱落。1989年移至石佛寺村南石佛台前，1992年修复水关长城时由镇政府移至水关长城关门口西侧。

当然，昔日艰辛不再，长城建筑的卓越艺术和品格是永恒的，而创造这一永恒艺术和品格的人们也应该万世流芳。

◎ 精神圣地的完美诠释

胜地、生地、圣地，权衡这三个词与长城的内在联系，毫无疑问长城首先是久负盛名的旅游胜地，同时也是诸多朝代兴亡更替的历史见证。那么，作为圣地的长城又有何寓意呢？确实，之所以选择圣地作为这一节标题的中心词，应该说只有它才最足以表达人们心目中对长城的那份朝圣情怀。而说到底，长城又不过是砖石混凝土的堆积物，如果真的把它说成是什么精神圣地的话，那完全不是因为其构成的材料或者体积的原因。

邓小平同志为长城修复保护的社会活动题词"爱我中华，修我长城"。现在回想起来，伟人之所以把长城与中华联系在一起，恐怕不是一时的兴致所致吧？确实，长城曾经作为一项伟大的军事工程，在中国许多朝代的历史上都留下了难以磨灭的痕迹，不管是辉煌还是沧桑，那都已经成为过去。而今天，长城作为中华民族的象征，越来越升华为一种民族精神的圣地，许多人把能够有幸一睹长城的雄姿当作自己人生梦想。剖析其中缘故，我们不难明白长城给人的到底是怎样的情感触动、怎样的心灵洗礼和怎样的精神涅槃。如此，还是从与长城息息相关的古今故事中来剖析好了。

长城之所以成为精神圣地，应该说得益于中华民族深邃而博大的精神内涵，得益于诸多历史事件与人物赋予的悠久而深厚的文化积淀。早在秦始皇把长城变成万里的时代，虽说长城没能保佑他的江山千秋永固，反而因此被陈胜、吴广带领修筑长城的劳役们摧毁了帝国大厦，但也就此给后人留下了深刻的经验和教训。

随后，在秦王朝废墟上建立起来的貌似强盛的大汉王朝，却不堪匈奴骑兵

以长城的名义诠释奇迹

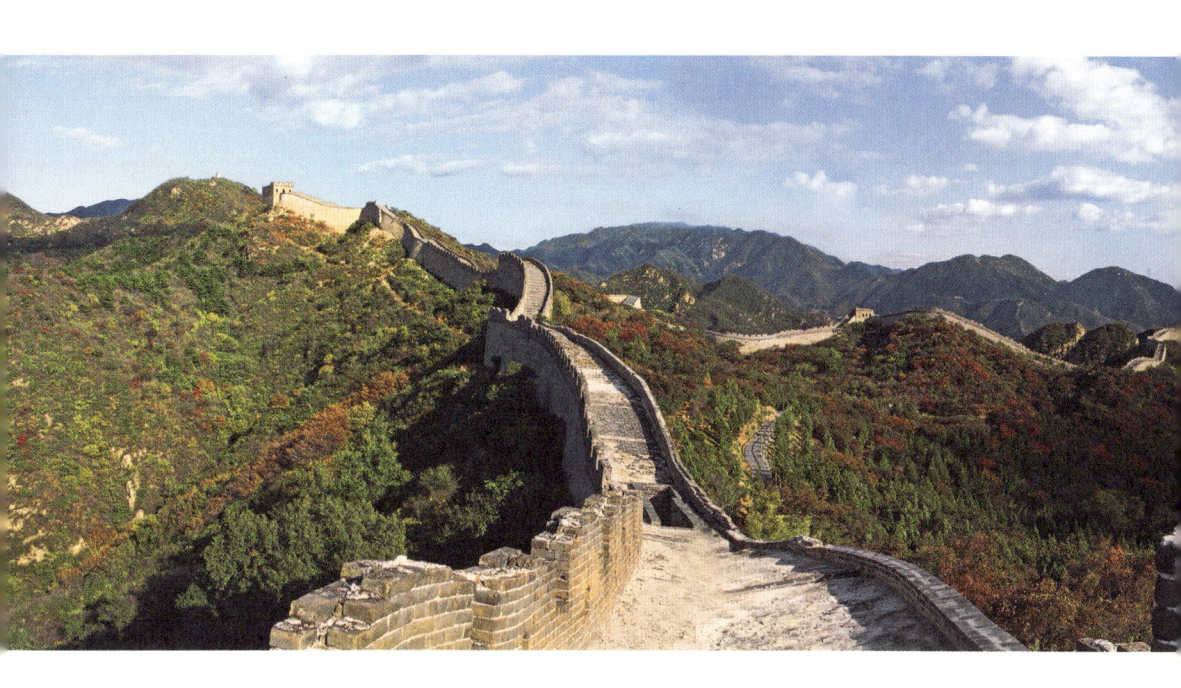

屡屡袭扰，只好在修筑长城以固防御的同时，还不得不采取卑辞厚礼的"和亲政策"。然而，时好时坏的汉匈"和亲"，不仅没能彻底改善汉匈两家的"翁婿关系"，反而迫使大汉王朝在荒漠戈壁修筑起别具特色的长城——烽燧。这种长城，说到底只是在间隔一定距离内修筑一处碉堡而已，所起的作用也只是一种警示罢了，根本不能阻挡匈奴骑兵的进攻。

汉武帝即位后，就积极准备攻击匈奴，彻底解决北方边患。恰巧，这时汉武帝得知一个重要情报，那就是屡遭匈奴欺凌的大月氏首领虽然已经被迫迁出原来的驻地，但他时刻想着要报复匈奴。于是，汉武帝派遣张骞出使远在今天阿姆河流域的

长城雄姿

"但留形胜壮山河"（清朝康熙皇帝的诗《出古北口》），长城作为中华民族的精神圣地，将永留人间。

张骞出使西域图

此壁画位于莫高窟第323窟北壁西端，绘制于唐代初期。张骞出使西域，开辟了丝绸之路，为中华文明的传播和东西方文化的交流做出了巨大贡献。

大月氏，准备两家联合起来夹击匈奴。不料，张骞在出使的漫漫征程中，被匈奴扣留长达10年之久，逃出后历经千辛万苦终于来到大月氏的驻地西域。而这时，大月氏已征服当地的大夏国（今天的阿富汗齐拉巴德地区），不仅过上安居乐业的稳定生活，也没有外族的欺凌，他们已经不愿意与匈奴刀兵相见了。于是，张骞不得不无功而返，归程中又被匈奴关押一年多时间，后经大汉王朝竭力营救才回到中原。不过，虽然张骞没能完成汉武帝的战略意图，但他在无意中却开辟了一条中西方经济、文化

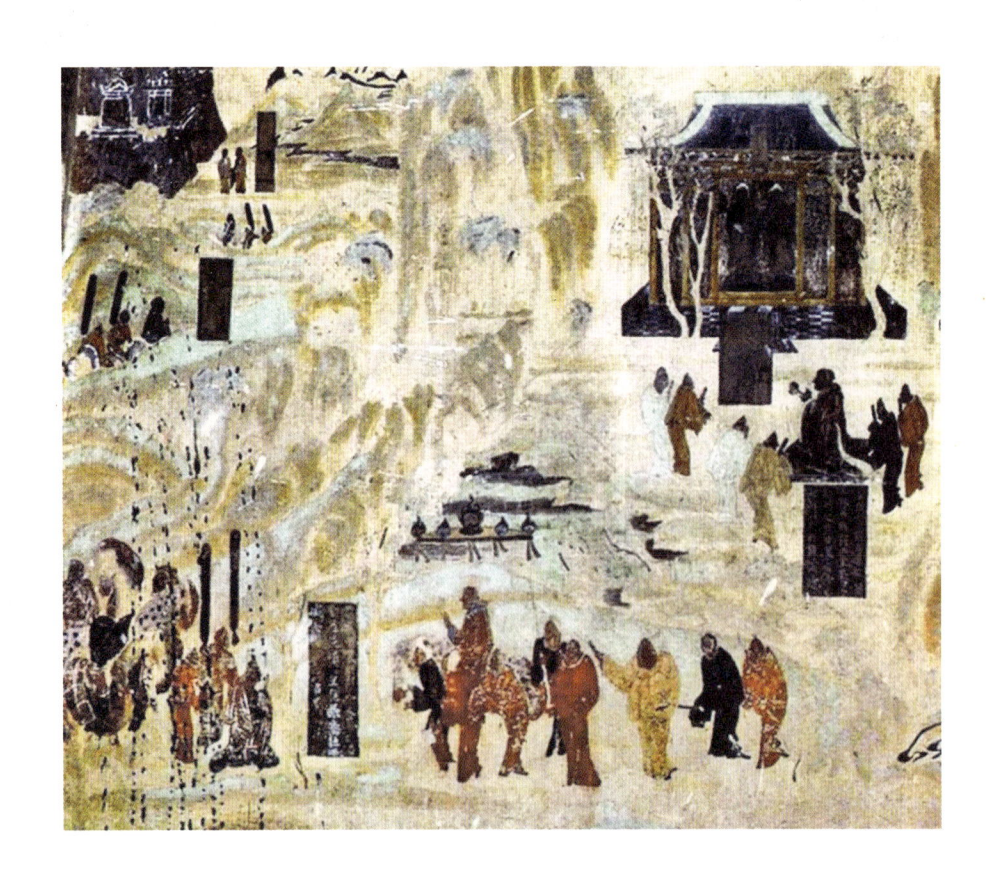

往来的通道。

这时，由于匈奴发生内讧，已经臣服于大汉王朝，故汉武帝根据张骞提供的情况，积极开通中原与西方各国的贸易往来，并在长城沿线设置专门驿站保护中外商人的往来活动。在这些往来中，中西方不仅仅局限于一些商品交换，同时还有音乐、舞蹈、魔术、经文、习俗，以及耕作技术、冶炼工艺和生活方式等社会文化内容的交融，这大大丰富了中西方人民的经济和文化生活，也进一步沟通了各民族之间的交流与融合。为了保护好中西方这条经济和文化的交流通道，汉武帝采取一系列保护措施，其中最值得书写的就是完善当年修筑烽燧长城的附属设施。这条沟通中西方经济和文化交流的通道，也就是历史上著名的"丝绸之路"。"丝绸之路"的开通，其重要意义自不待言，特别是它第一次明确地改变长城的军事功用，大大提升和丰富了长城的精神与文化内涵，简直是一件功德无量的好事。

其实，作为军事工程的长城在修筑之初，就被赋予诸如文化等其他的现实和历史功用，虽然"丝绸之路"使它的军事功用明显发生变异或者说是变丰富，但并没有彻底地改变它。自大汉王朝之后，中国诸多朝代都或多或少地修筑过长城，其目的也都是军事防御。

虽然长城的军事功用在逐渐减弱，但诸多帝王君主依然对修筑长城乐此不疲。真正认清修筑长城弊端的，当属清代英主康熙大帝，记得他曾经有诗《蒙恬所筑长城》云：

万里经营到海涯，纷纷调发逐浮夸。
当时用尽生民力，天下何曾属尔家。

从这里可以看出康熙大帝对以往历代用修筑长城来防御侵略行为的鄙视，还反映出他拥有的拳拳爱民之心。当然，长城毕竟是一项军事工程，即便赋予它文化内涵也离不开军事和战争。

　　与长城休戚相关的特殊群体——军人,不论是古代金戈铁马的冷兵器英雄,还是今天手握钢枪的边疆卫士,他们都视长城如生命,把长城的荣誉看得无比高尚,容不得任何对长城的不敬、亵渎和玷污行为。日前,笔者在八达岭驻军某部采访时,战士们对长城的感情可以说是浓烈而豪放,那种自豪和骄傲随时都在话语中流露,但绝对不是什么豪言壮语,而是一种灵魂和血肉与长城融合在一起的感觉。战士们告诉说,以往每当春秋季节,八达岭长城特区都会搞一些艺术节之类的活动,驻军部队官

甘肃敦煌附近的汉代烽燧遗址

　　汉朝设立的烽火台叫作"烽燧",是长城的基本防守据点。每个燧驻守有五六人至三十人左右。每燧有燧长一至数人。燧卒中必须经常以一个人轮班守望,其余的人从事别的防务活动和积薪、炊事等杂务。

兵便穿上古时将士服装，充当长城卫士，负责长城上的安全保卫工作，有时还为外国游人做导游，专门讲解中国古今军人与长城的故事，不管是杜撰的也好，真实的也罢，他们都讲得绘声绘色，常常引得人们引颈聆听，甚至忘记了回归的行程。这一刻，他们心中一定有澎湃激情，他们的精神一定经受着蜕变，不然他们为什么会对"绿色长城"这一称谓刻骨铭心呢。

确实，把军人比喻为"绿色长城"，简直就是一个了不起的创造。

千秋万代的世纪工程

诞生于中原的儒家文化，也许没想到会影响中国人思想达数千年之久，而万里长城同样不会料到起源于楚国的"方城"，竟也绵延数千年达数万里之遥，成为千秋万代世人观瞻的千年工程。那么，如今已经迎来21世纪新辉煌的万里长城，到底修筑于何时，是什么原因导致人们要修筑长城？它在战争中到底起到一种怎样的作用，是什么时候赢得万里称谓的？又是怎样经历数千年风雨而屹然盘亘在中华大地上的，古代中国有哪些朝代大力修筑过长城？要解决这些疑问，我们不得不击破岁月的封存，从历史的河流中去探索和追寻。

◎ 诞生在战火硝烟中

人们常说的万里长城，通常指的是保存较完好的明代长城。而世人观念中的万里长城，则是秦始皇时代修筑的长城。其实，作为中国古代军事斗争产物的长城，最早始于春秋战国时期。那时，中华大地狼烟四起，各路诸侯纷纷划地据守，为使自己经过浴血奋战得来的领地免遭他人侵略，就不惜花费大量的人力、物力和财力在各自的封土边疆筑起百里、千里的防御工事。不过，那时修筑的长城由于时间久远，又没能得到很好的保护和修缮，再加上后来秦始皇统一六国后还下令拆毁过一些诸侯国的长城，现在已是难觅踪迹了。如今要考察那时的长城，只能从文献中去了解和甄别。

"长城"一词的最先出现，是在战国时期有关文献中，但那时的长城仅指齐、燕等诸侯国边疆的军事防御工事。而长城的真正起源，当属楚国的"长

城"最为古老悠久。

不过,那时它并不称为长城,而曰"方城"。据《汉书·地理志》中记载:

> 南阳郡,叶,楚叶公邑。有长城,号曰方城。

那么,楚国方城最早又是何时修筑的呢?关于这一点,虽然文献中没有确切的文字记载,但至少不会晚于公元前656年。因为《左传》中曾经记述

河南叶县楚长城遗址

历史上的第一条长城究竟建于何时,现已无法查考。但据文献记载可知,中国历史上第一个修筑长城的国家是楚国。

过这样一件事：楚成王十六年，也就是公元前656年，齐桓公联合鲁、宋、陈、卫等诸侯国讨伐始终想称霸中原的楚国追随者蔡国，而实际目的则在于攻击气焰嚣张的南方大国——楚国。当以齐国为首的各国军队向楚国边界进犯时，楚成王派遣大将屈完领兵拒敌，两军几经交战后都没能讨得便宜。特别是在一次交战中，楚国大将屈完放言说，如果真想好好打一仗的话，我们楚国有坚不可摧的方城，谅你们也不能把我们怎么样。齐国统帅闻听后便派人进行侦察，见楚国果然有方城作城防，有汉水为屏障，的确易守难攻，只得与楚国在召陵（今河南漯河市）举行会盟，并订立互不侵犯的盟约。由此可知，楚国的方城应在公元前656年前就已修筑，且具有一定的规模和防御功能。

确实，楚国人发明方城这种防御工事，在后来的诸侯争霸中屡屡挫败敌手的进攻。如《左传》中记载说，公元前624年和公元前557年，晋国先后两次进攻楚国，都因楚国有方城的阻挡，不得不兵到方城而退却。由此，我们不难得知楚国方城绝对不是一座独立的城堡，而应该是连绵不断的系统城防，是一个比较完整的军事防御工程。那么，楚国方城到底是如何修筑的呢？

关于楚国方城的建筑形式，因遗迹难寻，至今尚不能确证，只能通过有关历史文献推测得知，大约是由列城发展而来。据《水经注·汝水》中记载：

醴水经叶县故城北，春秋昭公十五年（前527年），许迁于叶者。楚盛周衰，控霸南土，欲争强中国，多筑列城于北方，以逼华夏，故号此城为万城，或作方字。

列城，也就是根据当时国家地势实际状况建筑的一系列军事防御小城堡，并依照地势走向将城与城之间用墙连缀而成的军事工程。同时，在各列城之间除了依靠山河为屏障外，在平川之地则用城墙将两列城连接起来。这些特色，在今天的长城构筑形式中都有具体体现。如此来看，长城是由楚国方城发展而

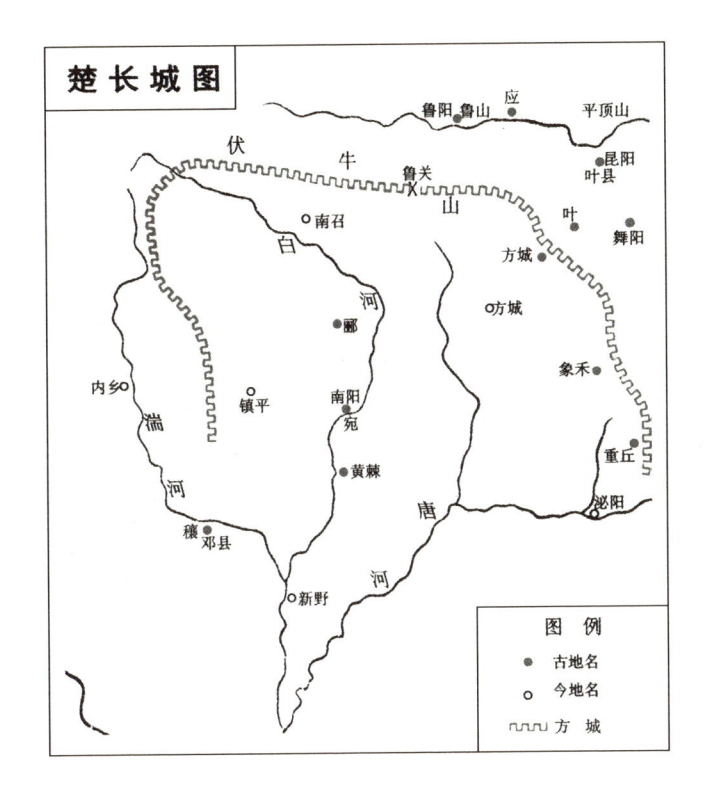

楚长城分布示意图

来，符合中国古代军事学理论和防御工程原理，也是符合科学一般发展规律的。这就是说，中国最早的长城是楚国方城。

既然楚国方城有如此高妙的军事防御功能，各诸侯国纷纷效仿也就在情理之中了。于是，齐国、魏国、秦国、燕国、赵国和韩国等都在各自国土的周边修筑起长城，就连弱小民族鲜虞（属于北狄种族）建立的小小中山国也大举修筑长城，并由此屡屡挫败周边强国晋和赵的进攻。

如此看来，在那个战火连绵的时代里，各诸侯国不仅相互攻占杀伐，还在中华大地上进行修筑长城的竞赛。如今，虽然在世人观念中的长城只是横亘在中国北方边疆，其实那时长城不仅修筑在中国的四周，就连内地也有长短不一的各色长城。不过，后来随着秦始皇兼并六国战争的平息，许多内地长城也被他下令拆毁罢了。

山东莱芜齐长城锦阳关遗址

从现存莱芜、泰安等地所存遗址得知,齐长城的结构主要有土筑和石砌两种。在平地多用黄土夯筑,在山岭或产石地点多用石块垒砌。

◎ 始皇帝的功过是非

长城,今天的人们在把它作为秦始皇一大功绩进行颂扬的时候,可知时人对此却是十分憎恶和唾骂的。然而,在世人和时人或赞誉或贬责中,长城依然客观地存在着,并担当起传承中华文明的历史重任。当然,世人传扬的不仅是他留给后人一份珍贵的文化遗产——长城,还有他的"三大统一"和创建中国第一个统一帝国的伟业;而贬责同样是他曾经大肆修筑和拆毁过长城的"罪过",更有他"焚书坑儒"的文化摧残和肆意杀戮的血腥。对于这样一位毁誉参半的封建帝王,人们到底应该如何去评价他,这在史书上已有定论。在这里,我们仅就他统一中国后大肆毁坏长城,又大举修筑长城做一次跨世纪的回眸。

经历春秋战国漫长的动荡战乱,人心思稳、渴盼统一已是大势所趋。秦始皇顺应时代潮流,纵横捭阖,逐一吞并了昔日称雄的六国,完成了建立中国第一个统一王朝的历史使命。然而,鉴于长期分裂征战的现实影响,这位始皇帝十分关注原先六雄旧地的动静,时刻提防六国旧贵族的复辟图谋。为了防止割据状况的历史重现,秦始皇把原先六国的富豪和望族统统迁往首都咸阳附近居住,使他们丧失滋生复辟意念的环境和土壤,同时也有利于朝廷对他们实施就近监控。在对人身自由进行控制的过程中,秦始皇还采取销毁武器、拆毁旧城等措施,在封建贵族梦想割据的手段上予以封杀。记得史书上记

秦始皇像

秦始皇嬴政(前259—前210年),中国古代杰出的政治家、战略家、改革家,奠定中国两千余年政治制度基本格局,被明代思想家李贽誉为"千古一帝"。

载说，秦始皇把收缴的兵器全部进行高温熔化后，铸造成了12个罕见的高大铜人。

而关于拆毁六国长城一事，史书上也曾有明确的文字记述。不过，对于这件事历来都认为是始皇帝的一项战略防范措施，鲜少把它与秦始皇渴望以地理统一来统一民族心理的构想联系起来进行评价。当然，秦始皇那时是否有此愿望，今人不可能揣测得准确，但作为雄才大略的始皇帝的秦嬴政是深明此理的。这一点，中外有识之士早有共论。

为论证有识之士这一共论，人们列举秦始皇采取"焚书坑儒"来统一国人思想的行为，似乎颇能说明问题。只是始皇帝所采取的手段，给世人留下了抨击他的把柄，当然对知识分子血腥杀戮历来是为人所不齿的。不过，今天人们的理解还是颇为理智和客观的，因为在早期封建社会的历史进程中，在那个统一与分裂还处于激烈的斗争年代，秦始皇用这种手段来开展思想领域的斗争倒是可以理解的。然而，那毕竟是对文化的一种摧残，是对珍贵古文献的一种毁灭，是思想史上一件极其野蛮残暴的旧事。对于秦始皇"焚书坑儒"事件，史学家多认为是法家与儒家的一种思想交锋，当然也是始皇帝的施政措施。然而，秦始皇这种施政措施似乎有些操之过急，以至于没有从容地思考到底应该选择一种什么样的思想来作为治国根本方略，实行强硬的思想管制政策将会给统一王朝带来怎样的后遗症。不从容就会不理智，于是针对思想和儒学的虐政也就不可避免地发生了。

如果说秦始皇用"焚书坑儒"来统一人们思想的做法，给后人留下抨击把柄的话，那么他先是果断地下令拆毁六国内地长城的行动，确实使当时六国没落贵族东山再起的愿望落了空，这应该是秦始皇的高明之处。

当然，秦始皇的高明还有他在全国范围内开凿数条大道，即秦直道，使他的政令得以畅通无阻。

不过，无论是毁坏六国内地长城，还是开凿通天大道，都远远不能与他历

时多年、派遣数十万军队和民工修筑长城的行动来比拟。据《史记·蒙恬列传》上记载说：

> 秦已并天下，乃使蒙恬将三十万众，北逐戎狄，收河南，筑长城。因地形，用险制塞，起临洮，至辽东，延袤万余里。

在这段记述中，人们不仅明白万里长城的称谓应该由此而得，还可以得知秦始皇修筑长城的起点与终点，以及他到底是从什么时候开始修筑长城的。是的，秦国长城早在秦昭王时就已修筑，但秦始皇修筑长城则在他平定六国之后，也就是秦始皇

甘肃临洮战国秦长城遗迹

战国时期秦昭王时，秦国的西北部与匈奴接壤。匈奴时常南下骚扰秦境，因此修筑了长城。这条长城后来成为秦始皇万里长城西段的基础。

三十年（前221年）。这一年，秦始皇统一中国后依然担心北方匈奴侵扰，在派遣大将蒙恬率领30万大军给匈奴以毁灭性打击后，没有让他凯旋，而是命他在北方经营长城这一巨大的军事工程，并长期驻守在长城沿线。不料，秦始皇驾崩后，在北方苦苦修筑、经营长城达9年之久的大将军蒙恬，竟被始皇帝的儿子秦二世给赐死了。由此，不仅北方的匈奴能够再次跃马长城袭扰中原，就连修筑长城的民夫们也趁机摧毁了秦二世的帝国大厦。秦帝国大厦的崩溃，虽然是秦二世时代的事，但秦始皇也是脱离不了干系的。

不过，秦始皇不惜倾尽全部的民生国力来修筑长城，并不单纯地是为了巩固北方的边疆防御，还

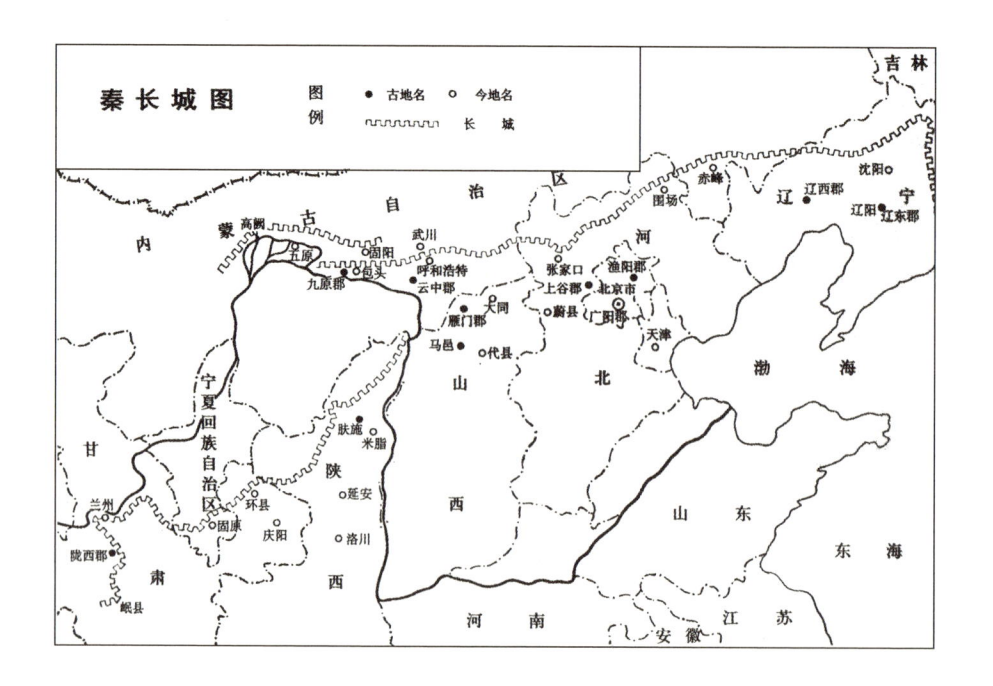

秦始皇万里长城分布示意图

有他较为深远的考虑。那就是他希望以长城这种形式，将华夏各民族围聚在同一个地域范围内，来达到他统一全国民众思想的目的。这与他实行"书同文""车同轨""行同伦"，以及其他各种统一制度的颁布实施，是一脉相承的。然而，秦始皇的良好愿望最终化作了泡影。

虽然秦始皇以一切统一等措施来保证其江山永固的愿望落了空，但他修筑的万里长城却留存至今。这不仅是他留给后人一笔丰厚的文化遗产，还为中国拥有今日的统一版图奠定了基础。这一点，把它归功于秦始皇的头上应该不会有什么异议吧？

◎ 强汉其实屡遭欺

无论是民间传闻，还是在文艺作品中，人们总是将"秦砖"与"汉瓦"、"秦皇"和"汉武"联系在一起。始皇帝嬴政是一统中华的"首席执行官"，他的历史功绩早已名垂绵帛。虽然汉武帝也曾创建过非凡辉煌，但貌似强大的汉王朝其实屡屡遭受边疆少数民族的欺凌，特别是经过"白登之围"后，还不得不上演一出又一出"和亲"的历史活剧。

当刘邦和项羽之间的楚汉之争激战正酣时，长城塞外一支剽悍的少数民族——匈奴开始崛起。相传，匈奴属于夏人之后，在商朝甲骨文中称其为"鬼方"，人们熟知的称呼是"狄戎""胡人"，"匈奴"的名称是秦汉时期的事。不过，这支游牧于蒙古广阔草原上的古老民族，并不是今天蒙古族的先人，奇怪的是远在欧洲的匈牙利人倒与其有着某种血缘关联。秦朝末年，匈奴民族一个名叫冒顿的年轻人，在亲手射杀自己亲生父亲之后，继承了单于的名位。

单于，是匈奴人最高领袖的称号，意思是广阔无边。这名杰出的青年，在短期内统一了匈奴各分散氏族、部落，形成一个强有力的奴隶制政权，且拥有

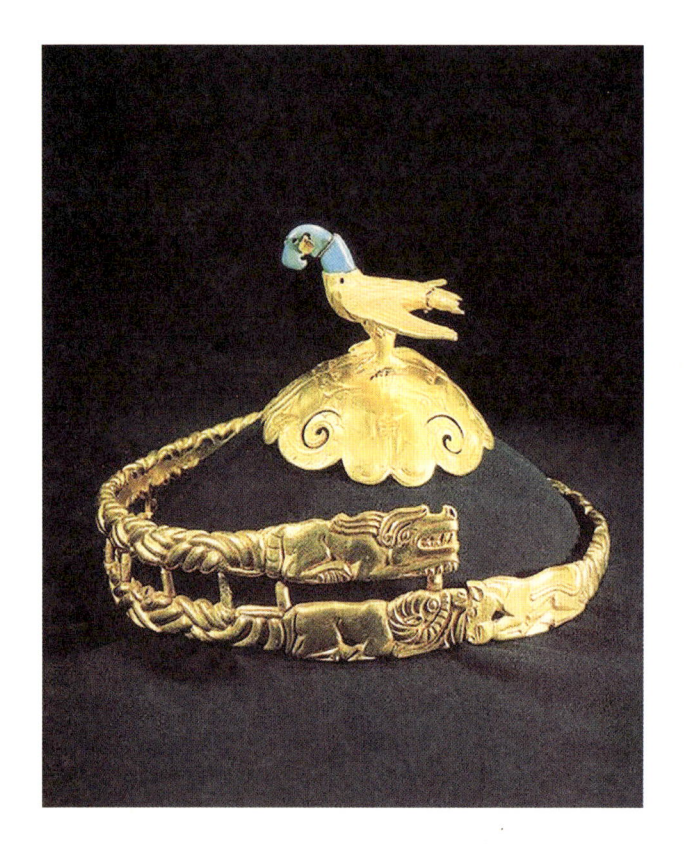

鹰顶金冠饰

　　1972年内蒙古杭锦旗阿鲁柴登匈奴墓出土，内蒙古博物馆藏。鹰顶金冠是迄今所发现的唯一的匈奴酋长金冠饰，代表了战国时期匈奴人贵金属工艺的最高水平。

"控弦之士" 30余万。羽翼丰满，冒顿单于开始了他的扩张行动，首先是挥师南下夺取秦朝名将蒙恬当年收复的失地，然后跃马长城侵扰河北、山西、陕西及河套地区。八百里烽火警报传到长安，顿时震惊了刚刚坐上龙庭的汉高祖刘邦。

　　然而，起于市井的布衣皇帝刘邦在震惊之余，并没有把荒蛮边民的"瞎胡闹"放在眼里。他不顾新建政权百废待兴而财政又十分匮乏的现实国情，毅然于公元前200年亲自率领32万步兵主动出击。轻敌冒进的汉高祖亲率先头部队一路疾进，不慎中了冒顿单于的诱敌之计，在平城白登山被30万匈奴骑兵包围。面对黑白青红四面四色的匈奴骑兵阵势，这位斩白蛇起家的汉高祖一筹莫展。七天被围困的饥渴难耐后，谋士陈平以美人离间之计终于解围。自此，西汉初年直至"文景之治"约六七十年间，西汉王朝不得不对匈奴采取卑辞厚礼的"和亲政策"。

"和亲"，人们今天可以用明显带有贬抑含义的"卑辞厚礼"来评价，但在西汉初期它是一项明智而又极为重要的外交政策和手段。提出这一策略的人，是刘邦主要谋臣刘敬。刘敬的功过，手边没有更多的资料可以评析，但他在当时汉匈双方军事力量悬殊的状况下，能够保持清醒认识，并切合时宜地提出"和亲"之策，也算是一个有识之士了。他为刘邦剖析说，大汉天下刚刚平定，老百姓需要休养生息，疲惫不堪的将士们也需要休整，而这时的匈奴正处在强盛时期，我们不可能也不能用武力去征服它。另外，敢于杀死自己父亲自立为单于的人，肯定是崇尚武力喜欢杀戮扩张的，如此我们又不可能用"仁义"来说服。所以，安抚匈奴最好的方法只能是"和亲"。

刘敬说，匈奴人无非是贪图财富和美女，我们中原天朝地大物博，东西有的

汉高祖刘邦

刘邦（前256年—前195年），沛县丰邑中阳里人（今江苏徐州丰县），汉朝开国皇帝，杰出的政治家、战略家。"白登之围"为缓和汉匈关系，采取"和亲"政策。

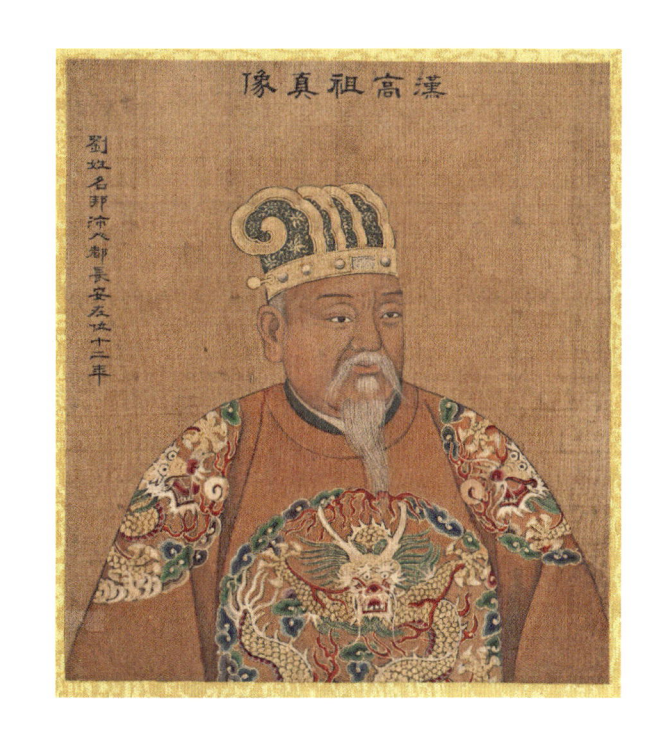

是。至于美女,我建议将您的女儿、嫡长公主嫁给冒顿单于,他仰慕我们天朝公主的尊贵身份和美貌,肯定会册立公主为阏氏,而阏氏生了儿子肯定立为太子。这样,冒顿活着是您的女婿,死后您的外孙继立为单于,我们从来还没听说过外孙敢与外公争天下的!他还特意嘱咐刘邦说,我们一定要用嫡长公主嫁给冒顿,千万不能以宗室女子冒充公主出嫁,否则一旦被匈奴得知真相,必然有百害而无一益。无奈之中,刘邦只好采用刘敬的"和亲政策"来换取大汉天朝的短暂太平,以便平息国内诸王掀起的战乱,巩固自己还不太稳定的大汉政权。

然而,"和亲"这一权宜之策,没有换来所谓的天朝安宁,反而给汉朝财政支出附加了沉重的负担,还给汉族人心理上带来了沉重打击。长期驰骋游牧于大草原上的匈奴人,并不满足于一时的金帛美女,他们早已形成的尚武凌弱与以攻伐抢掠为荣耀的民族性格,习惯于得陇望蜀。如果稍不如意,他们就威胁说,失败者本来就该匍匐在胜利者脚下,

"单于和亲"瓦当

1954年在今内蒙古包头市郊召湾村汉墓出土,内蒙古昭君博物院藏。西汉建立后汉匈通过婚嫁达到政治联姻在当时房屋装饰上的反映。

奉献美女和财富，这是天经地义的事。如若不然，等到秋高气爽、牛肥马壮之时，我们的战马可就要驰骋中原，践踏你们汉人庄稼了！那言辞之猖狂，人们可以推想出"和亲"对于匈奴边民约束力的脆弱。而那些肩负"和亲"外交重任的宫廷里的金枝玉叶们，在嫁到匈奴之后的命运又是如何呢？关于这一点，虽然在史料中没有留下任何痕迹，但从文献中甚至连她们的名字都无从知晓的事实来看，也就不难想象了。

其实，聪明的谋士刘敬应该能够想到，敢于残忍杀死自己亲生父亲而登上单于宝座的冒顿，怎会被几个女人捆绑住扩张的手脚，又怎会心甘情愿向手下败将刘邦及其子孙们俯首称臣呢？在"和亲"政策下，大汉王朝数十位公主就这样踏上了不归之路。细细检索历史，人们唯一不能忘记的是一个名叫王嫱的苦命女人。王嫱，字昭君，是汉元帝后宫中诸多美女中最美丽的一个，由于长期没能得到汉元帝的宠爱，就主动提出要远嫁到匈奴去。汉元帝得知有人愿意冒充公主远嫁匈奴感到很高兴，而当他见到美貌绝伦、举止文雅的王昭君时，心里又十分后悔，可为了取悦于匈奴，不得不忍痛割爱，将王昭君拱手送给敌手呼韩邪单于。于是，承载着一段非凡意义的历史典故——"昭君出塞"便流传下来，且历代为人们传颂不息。

在西汉最初的几十年间，由于汉朝实行卑辞厚礼的"和亲政策"，两家"翁婿"关系始终处在既没有大规模刀兵争战，又接连不断地发生着边境冲突；"和亲"约定不断被违背，又不断地得以恢复。由此，人们不难分析得出这样一个结论：这时候的汉匈双方正处在战略对峙阶段，双方都不敢轻举妄动。然而，大汉王朝经过多年休养生息，国力得以全面恢复，特别是"文景之治"后，社会经济有了更大发展。此时，雄才大略的汉武帝再也不能容忍委曲求全的"和亲政策"存在下去了。

公元前133年，汉武帝派兵30万在马邑伏击匈奴，虽未获全功，但终于和匈奴断绝了"翁婿"关系。几年后，汉朝大将卫青、霍去病领军数万深入漠

和亲雕像

该雕像矗立在内蒙古昭君博物院，用铜浇铸而成，再现了王昭君和呼韩邪单于双双骑马并肩联辔而行的历史性场面。

北，给匈奴骑兵以极为沉重打击。"女婿"损失惨重之后，虽然害怕"老丈人"的刀兵惩罚，可又想得到富有的"老丈人"的财物，于是点头哈腰说好话以求和解。而挺直了腰杆的大汉王朝不仅要匈奴永世称臣，还得送太子作为人质才同意罢休。双方经过讨价还价，最终未能达成协议。于是，汉武帝经过三次大规模主动出击，不仅斩杀匈奴骑兵数十万之众，迫使匈奴远离水草丰美的蒙古草原，以至于多年"不敢南下而牧马"。

不过，人们今天再回头来剖析那时的"和亲政策"，虽然实质上属于汉朝向匈奴的一种变相朝贡，但其作用并非都是消极的。例如双方关市的开通，使匈奴人能够用畜产品交换汉民族的农产品与手工制品，特别是金属器具流入匈奴后，对于改变他们单一的畜牧业经济结构，以及促进双方经济的发展、文化的交流、民间的往来都有一定益处。另外，双方结为"翁婿"，以北方长城为界，彼此互不侵犯，这也有利于两族人民的安居乐业和各得其所。再者，正是因为有那几十年短暂"和平"，才使西汉王朝有了休养生息和经济发展的难得时机，这为后来汉武帝发动几次大规模征战提供了充足的物资保障。

如果人们有心对照一下历史，不难发现"弱国无外交"这个道理是贯穿整个世界历史的。特别是新中国成立前那百余年间，屡受欺凌的先人们对此理更是有彻骨体会。今天，人们透过风云多变的世界局势，同样应该明白中华民族的复兴，才是国人最扬眉吐气的时刻。否则，即使貌似强大可以震慑虎狼一时，

"马踏匈奴"雕像

"马踏匈奴"雕刻于汉武帝时期，原矗立在霍去病墓前，现收藏于茂陵博物馆。骏马一只前蹄把匈奴士兵踏倒在地，体现西汉征服匈奴的历史过程，为霍去病征战匈奴的形象写照。

终究还会落得像西汉早年间那样饱受欺凌的悲剧命运。哲人说，以史为鉴可以知兴替。

◎ 朝代频迭筑城忙

解放战争后期蒋介石派人与毛泽东谈判时，曾经提出过划江而治的设想。这个划江而治，也就是以长江为界把中国分为两个对立并存的独立政权。不知蒋介石的这个想法是否是受历史的启发，今天已经不得而知。不过，在5世纪初到6世纪末的中国历史上，确实有过南北对峙的局面——南北朝。南朝的宋齐梁陈四个朝代均建都在建康，也就是今天的南京，地理上讲属于江南王朝。而北朝统治

北齐北西岭长城遗址

北西岭长城位于北京市昌平区。南北朝时期北齐开国皇帝高洋，为了巩固北方边防和防御西部的北周而下令修建。

者，都是出自塞北的鲜卑族或者与鲜卑族有着密切联系的民族，其五个王朝占据中原广大地界既与南朝相对抗，又需时刻防备北疆强悍民族柔然的攻击。于是，北朝不仅常年和南朝兵戈相向，还要花费大量精力来构筑长城这一军事防线。据史料记载，北朝时仅北齐一个王朝修筑的长城长度就仅次于秦、明构筑的长城，可见其规模之大。那么，如此浩大的长城防线是否就确保其安宁太平了呢？

结束长期动荡的分裂局面，中国北方迎来鲜卑人拓跋贵族建立的北魏统一政权时期，北朝的历史也就从此开始。北朝包括北魏、东魏、西魏、北齐和北周五个王朝，东魏和西魏是从北魏中分裂出来的，而后来东魏被北齐取代，西魏则被北周所更替。不过，北朝无论是哪个王朝时期，都始终不敢松懈对柔然等少数民族的防范，甚至有时还要采取积极的抗击措施。当然，为了避免陷入与南朝、柔然两面对战的不利境地，北朝统治者不得不修筑长城以固北疆安全。于是，修筑长城的接力赛在北朝统治者手中，又创造了一个新的历史纪录。

存在近一个世纪的北魏王朝，在北疆唯一的强劲对手就是柔然。柔然，这个被北朝蔑视地称呼为蠕蠕的少数民族，因为游牧生活的凄苦促使他们向往并掠夺中原财富，似乎还因为爱扩张的本性使然。由于北魏的北疆六镇与柔然接壤，因此北魏王朝不得不把消灭柔然政权作为自己一个重要的战略步骤来实施。于是在连年兵戈征战中，北魏十分重视修筑长城的防务。

据《魏书·太宗纪》记载：

泰常八年（423年）正月丙辰，蠕蠕犯塞。二月戊辰，筑长城于长川之南。起自赤城，西至五原、阴山，延袤二千余里，备置戍卫。

这道长城的修筑，不但从军事上限制了柔然南进，也切断了其与中原地区

北魏长城遗址

　　此段长城位于河北省赤城县雕鹗镇。

的经济往来。因此，柔然不断南下攻打长城。北魏始光元年（424年），柔然6万铁骑攻破云中，后又有2万铁骑踏越长城。429年，魏太武帝担心遭受柔然和南朝宋的夹击，决心首先解除在背芒刺，亲率大军征讨柔然。北魏大军兵分东西两路，夹击柔然汗庭，俘获柔然降众达30余万人，牲畜百万头，大获全胜。为了永保北方边境安宁，魏太武帝在长城沿线的要害设置沃野、怀朔、抚冥、武川、柔玄和怀荒六个重镇，用以拱卫首都平城（今山西大同）。同时，魏太武帝还强令迁徙柔然与高车的投降士卒和民众到边疆六镇等地区从事耕牧，按照北魏朝廷的有关制度缴纳贡赋，并选派长孙翰等将领镇守六镇边关，抚恤广大民众。

魏太武帝的这一策略，大大增加了北魏的人口和财富，保证了自家后院的稳定，而且对于完成南御宋兵、东灭后燕、西取西夏的统一大业，都起到不可估量的积极作用。

当然，任何事情都是利弊相连的。魏太武帝设置的六镇以及后来又增设御夷（今河北赤城北）等三镇，对于当初巩固北方边境确实起到了一定作用，但由于守将任意霸占土地，宰割当地民众，刻薄对待戍边士卒，导致阶级矛盾和民族矛盾日趋尖锐，终于爆发了影响广大的六镇起义。虽然起义后来被镇压了，但六镇故地也就此全部荒废，北疆又变成有疆无防的局面。

有人认为，北魏除泰常八年（423年）所筑赤城、阴山长城外，另筑有六镇长城。《资治通鉴·齐纪二》记载：

太和八年（484年）高闾上表曰：六镇势分，倍众不斗，互相围逼，难以制之。昔周命南仲，城彼朔方，赵灵、秦始，长城是筑。今以故于六镇之北筑长城以御北虏，虽有暂劳之勤，乃有永逸之益，如其一成，惠及百世。即于要害，往往开门，造小城于其侧，因地却敌，多置弓弩，狄来有城可守，有兵可捍。计六镇东西不过千里，若一夫一日之功，当三步之地，三百人三里，三千人三十里，三万人三百里，则千里之地强弱相兼，计十万人一月必就。

高闾引古论今，对于六镇长城的结构、样式、用工计时和功成之后惠及百世的好处，都讲得十分明白，可谓是用心良苦。可是，当时六镇守将的兴趣并非如他所言，而在于乘柔然衰弱之机，以游防为名驱迫守边士卒出境进行掳掠。据史料中记载说，他们"初来单马执鞭，返去从车百辆"。如果新筑一道长城，岂不限制了他们掠夺财富的手脚？所以，这项建议最后还是被搁置了。

另据《魏书·世祖纪》记载：

> 七年六月，丙戌，发司、幽、定、冀四州十万人，筑畿上塞围。起上谷，西至于河，广袤皆千里。

也就是说，在太平真君七年（446年），北魏征调10万人在北疆长城之外，花费一年多时间又修筑一道防御工事，从今天北京延庆一直到达黄河岸边，绵延千余里，工程十分雄伟壮观。

然而，北魏王朝经过六镇起义之后很快败落。大权落入镇压起义的将领尔朱荣之部将高欢的手里，不甘心做傀儡皇帝的孝武帝逃出京城，投靠多年盘踞关中的宇文泰。高欢在多次迎请孝武帝回京不成的情况下，尊奉元善为孝静帝，史称东魏。而孝武帝在宇文泰支持下成立的政权，叫西魏。在高欢任宰相的东魏年间，不仅多次主动发兵与西魏交

北魏长城分布示意图

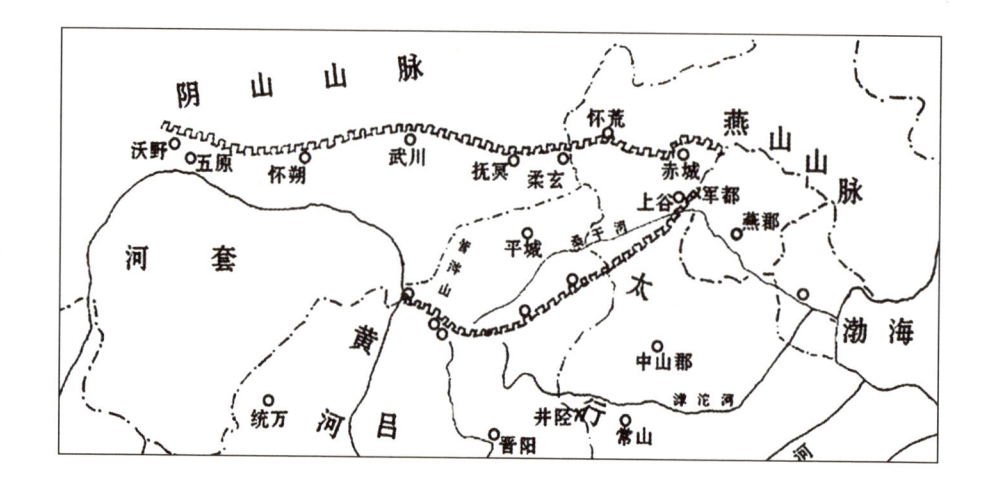

战，还在543年"筑长城于肆州北山"。肆州，也就是今天山西忻州一带，这条依托吕梁山修筑的长城，呈东北—西南走向，仅有75千米。分析当时北魏分裂之后的形势，不难得知高欢修筑长城的目的，主要还是防御北方柔然的威胁。

惨淡经营16年之后的高欢，在多年不如意的征战中心力交瘁，一命呜呼。其子高澄执掌大权后，由于蓄意逼迫孝静帝禅位，被一个烧火做饭名叫兰京的人给刺杀了，随后其弟高洋承袭兄位，并于550年废孝静帝自称皇帝，这就是北齐的文宣帝。文宣帝在位期间，北击库莫奚，东北驱契丹，西北破柔然，西平山胡的匈奴，向南袭取淮南，其势力范围达到最鼎盛阶段。不过，北齐为了巩固国防，同样不惜人力、物力，屡次兴起修筑长城之役，纵横达数千里之遥，工程之浩大仅次于秦、明两朝所筑长城。

北齐长城主要是在高洋年间修筑的，它与秦、汉长城相比有两个明显的特点。一是重视对吕梁山地区的控制。这是因为高氏政权依靠六镇流民，把晋阳（今太原）作为其重要根据地。二是最先开始了内长城防线的经营。内长城，利用了管涔山、恒山、小五台山和军都山的峻山层峦，诸关皆有内险，非常有利于组织防御。这就与外长城之有险有川，主要依赖外护的疆域所不同。因此，它对于人们了解南北朝时期中国北方的军事形势、战略纵深以及当时人们的设防思想，都具有十分重要的研究价值。

北齐自文宣帝之后，很快从强盛走向衰落。高氏政权既不能与汉化的鲜卑士族同伍，又暴虐地对待朝中上书谏诤的汉族官员，导致其成了首都邺城里真正的孤家寡人。当时，北齐所赖以苟延的只剩下高欢当年起家的军事中心晋阳一隅了。与此形成鲜明对照的，则是北周武帝倡导摆脱鲜卑旧俗的束缚，真正接受汉族文化的优良部分。他本人生活朴素，勤政爱民，统率将士也很重视赏罚严明。尤为难得的是，他在大举伐齐之前毅然下诏释放官私奴婢和杂户（实际上也是奴隶），获得广泛的支持。576年，周武帝率大军进攻晋阳，第二年

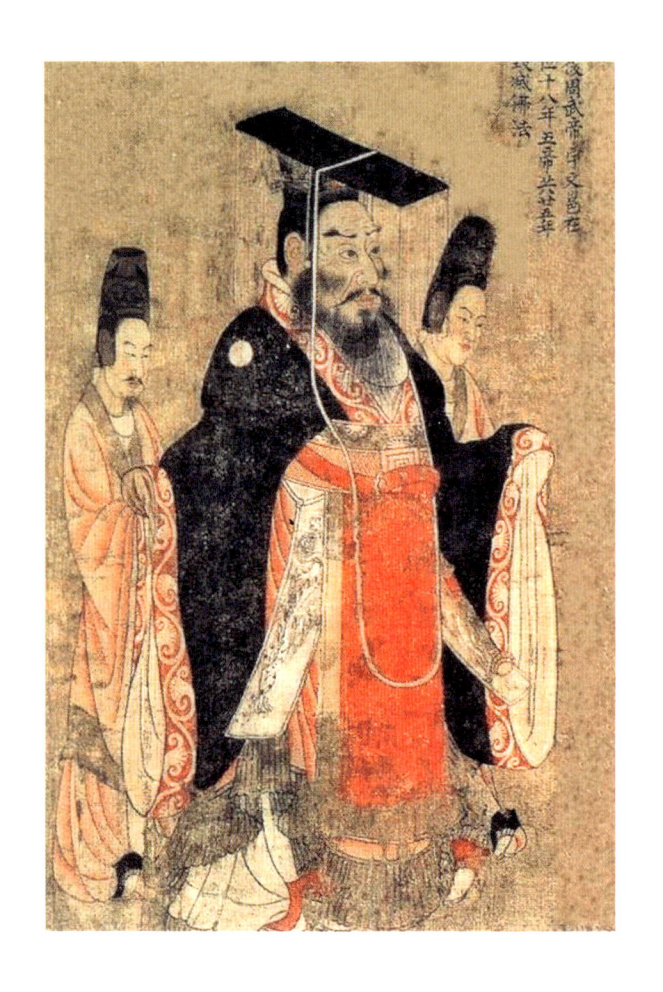

北周武帝像

周武帝宇文邕（543—578年），鲜卑族，南北朝时期北周第三位皇帝。

便兵临邺城消灭了北齐政权，统一了黄河流域的广阔地界。英姿勃发的周武帝本欲一鼓作气，领五路大军亲征突厥，意欲改善其专力对齐时北部边境的防御态势，可惜竟"出师未捷身先死"，周军不得不半途收兵。此后，突厥屡犯边境，烽烟不息的局面愈加严重。

当然，后世为了防备塞外边民侵扰，不得不又筑起长城以固防御。据《周书·宣帝纪》记载：静帝大象元年（579年）突厥犯并州（太原）。"六月，发山东诸州民修长城"，防备突厥。《资治通鉴》上注解说："修齐之长城也。"在《日知录》中更明确地说，这段长城"西自雁门，东至碣石"。然而，再坚固的长城也有被冲破的时候。所以说，物质长城是短暂的，只有在全民心中筑起一道防御长城才是永恒的。

◎ 战略指导上的失策

没有任何一个朝代，像明王朝那样将边疆筑城的工程贯穿于整个王朝始终，历时200多年之久，也没有一个王朝所筑长城堪与明代长城相比长。然而，明王朝沿长城一线设兵布防的军事策略，虽然看似森严壁垒，无懈可击，但客观上却犯了最基本的兵家大忌——分兵势弱。有人粗略计算一下，明王朝在长城沿线设置11个郡镇，共计兵力达到百万之众。而百万之众分布在万余里的边境线上，单从兵力部署上来说，简直是形同虚设。八旗子弟就是攻占长城的一处关隘——山海关，而取代明王朝的统治。究其根源，还是明王朝上层统治者在战略指导上的重大失策。

朱升像

朱升（1299—1370年），徽州休宁（今安徽省休宁县）人。元末明初的军事家、文学家、刻书家、政治家、道学家，明代开国谋臣。

开创276年大明王朝的洪武皇帝朱元璋，原先是一位杰出的农民起义军领袖，所以在攻城略地方面有着十分丰富的实战经验。即便在推翻蒙古贵族建立明朝之后，也始终对筑城设防等措施十分重视。当然，朱元璋身边智囊团中有一个叫朱升的安徽休宁人，最初他提出"高筑墙、广积粮、缓称王"的建议，对于朱元璋最终夺取天下起到了非常重要的作用。高筑墙，当然就是筑城设防以备战争之意。精明的朱元璋自然明白其中奥妙，故能够抑制住早登龙庭的雄心，不仅听从老儒朱升的建议，把全国各州府县的城墙都修筑得无比坚固，全部用砖石包砌内外墙面，而且还大力修筑长城，其工程量之浩大，修筑时间之长久，防御设施之坚固完备，都是其他王朝所无法比拟的。在明王朝200多年修筑长城的过程中，可见其对巩固长城边疆防务关注之程度。

蒙古没落贵族败退长城塞外之后，并不甘心明王朝的统治，经常跃马长城而南下，抢掠百姓财物，骚扰中原人民过安定生活。为此，朱元璋在北方新筑了绵亘万里的长城防线，还在一些重要关隘特别是北京以北的居庸关、山海关和雁门关一带修筑了好几重城墙，有的地方甚至达20多重。和多重城墙相伴而生的，还有在长城南北设立的许多堡城、烽火台等辅助防御设施，用以瞭望敌情，传递警报。

据史料记载，明朝仅在正德年间（1506—1521年）就于宣府、大同一带修筑3000多所烽堠，修筑场面之壮观可以想象。即便如此，朱明王朝对北方的防务并不放心，后来还派遣名将戚继光从居庸关到山海关一线修筑了更加完善的长城防御体系，这些工程包括无数座墩台、烽堠。而这些辅助建筑与长城内外的城防、关隘、都司、卫所等防御工程和军事行政机构，共同构成了一道城堡相连、烽火相望、信息相通的万里防线。

为了进一步加强万里长城的边疆防务和指挥调遣长城沿线的兵力，并使长城关隘能够得到经常不断的修缮加固，明王朝还把长城沿线划分为九个防守区段。这些防御区段，史称"九边"，每边都设有一名镇守（总兵官），谓之

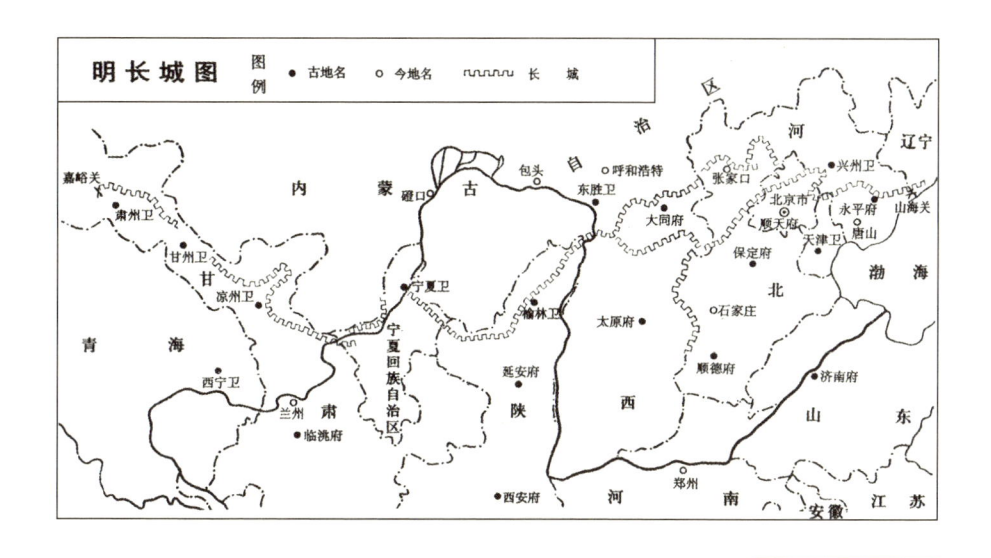

明长城分布示意图

为九边重镇。除九边九镇之外，为了首都京城的防务和帝陵（今明十三陵）保护的需要，嘉靖年间又在北京西北增设昌平镇和真保镇，共计有11个镇，构成了九边十一镇的防御体系布局。

九边十一镇的长城长度约有7300千米，全线防守官兵共计976600多名。当然，由于明长城各镇管辖范围和官兵数额时有变化，以上数字只是一个时间段内的统计。另外，长城长度也只是某些文献资料上的记载，实际长度肯定远不止这些。仅以北京地区长城来说，原来只知道有300多千米，后来用先进的空中遥感方法测算，发现了更多的长城遗址，总长度已经达到600千米，比原来长度增加了一倍。由此可知，其他地区的长城长度，也就只能是一个大概长度了。在如此漫长的边境线上设兵防守，到底需要多少兵力，恐怕无人能计

算得清。再者，明王朝当时又能有多少军队用于设防？即便能够布防得过来，又有何防守能力可言呢？

据史料记载，明王朝当时共有军队约二三百万人，庞大的军费开支，如果再加上明王朝统治阶级的盘剥，老百姓的负担可以想象得到有多么沉重。重压之下的人民出路只有一条，那就是起来反抗。于是，全国各地农民起义此起彼伏，特别是李自成领导的大顺起义军和四川张献忠的大西部队，对明王朝来说简直就像是插在两肋上的两把尖刀。而随着农民起义力量的急剧增强，统治阶级内部矛盾也日益尖锐起来，一些失意的地主阶级和知识分子纷纷投身到农民起义的洪流之中，更加剧了明王朝的灭亡。

按说明王朝开国之君洪武皇帝朱元璋，不仅懂得如何打天下，而且对于治理天下也颇有一些策略。诸如，为了缓和建国之初的阶级矛盾，朱元璋首先紧紧抓住农民永远关心的土地

明太祖洪武皇帝像
明太祖朱元璋（1328—1398年），今安徽凤阳钟离太平乡孤庄村人，明朝开国皇帝。年号洪武。

问题，将地主的农田分配给佃户耕种，还着力减轻农民负担，积极推行发展农业政策，鼓励农民栽桑种麻增加副业收入，使战后的人民得以休养生息；同时，洪武皇帝朱元璋还推行一些有利于工商业发展的措施，放宽矿产开发政策，调动工商业者经商的积极性，商业经济得到快速发展。为了维护地主阶级统治集团的利益，加强封建专制主义中央集权统治，朱元璋分封24个儿子和一个孙子为藩王，既授予他们一定的兵权，用以加强北方边疆防务，又重视巩固内地的皇权统治，用以监督地方官吏。

在朱元璋有效统治基础上，夺了侄子政权的永乐皇帝朱棣也对中央集权政治方面进行重大改革。但无论是削减藩王权力、调整中央行政机构，还是迁都北京进一步完善军事卫所制度，都摆脱不了维护地主阶级统治集团利益的时代窠臼。虽然经过几代帝王励精图治，朱明王朝曾经出现过辉煌鼎盛的局面，但盛极必衰的历史怪圈似乎哪个朝代也无法例外。于是，朱明王朝就有了万历皇帝20多年不上朝的昏庸，也就有了熹宗天启年间的"阉党"擅权，还有民间不知皇帝是谁而人人膜拜太监刘瑾的荒唐之事。如此，明王朝的亡国也就势所必然了。

其实，明王朝在加强统治阶级集团内部统治的同时，势必会触及一些贵族特权阶层的利益，也必然导致他们与皇权对抗，从而动摇统治江山的根基。这是否也算统治策略上的失误呢？

不过，朱明王朝后期在军事上出现的失误应该是可以考虑到的。因为明朝初年，为了加强封建国家的武装力量，明太祖仿照唐朝的有关兵制，并参考元人的法度，经过大量考察研究颁布实行了卫所制度。根据史料记载，大约5600人为一卫，1120人为一个千户所，112人为一个百户所，卫所遍布全国各地，共有军队约200多万人。军队兵员来源于从征、归附、谪发、垛集，垛集也就相当于今天的征兵，它是军队人员的主要来源。卫所里的军士们另外册立户籍，叫作军户。军户不仅出丁从军，屯种耕田也由他们派出余丁保障。遇到

明成祖永乐皇帝像

明成祖朱棣（1360—1424年），明太祖朱元璋第四子，年号"永乐"。在位时为加强对北方的控制，疏浚大运河，营建北京紫禁城，迁都北京，称之为"天子守国门"。

国家有征战之事，由皇帝直接指派总兵官督统，战后立即撤销兵权，统揽于皇帝一人之手。

兵权统归皇帝一人掌握，倒无可厚非。但是，仅仅为了防止没落蒙古贵族袭扰，就在北方万里长城一线设置什么"九边九镇"，布防军队达百万之众，实在是一种大大的失策。另外，不仅九边有大量军队，首都北京也有大量军队，而且内地驻军亦非少数，那么这些军队吃什么呢？当时，内地许多地方并非民富殷实，仅仅依靠河北、山东、山西等几个地区的粮食供给是远远不够的，于是就需要从江南运送粮食来保障。运粮就需有运输线，当时当然没有像今天的公路、铁路或航空这样便捷的条件，他们只能通过运河进行水路运输。首先他们要把东南地区征集来的粮食集中运到南京，从长江运送到运河，然后再通过运河北上。这种运输方法，当时叫作漕运。据统计，当时每年漕运的粮食约有三四百万石之多，而这仅仅是为北京方面军队的供给。沉重的征粮不仅

是农民的一项负担，而且作为经济命脉的漕运的安全保护同样需要设立专门机构，于是又有十几万的军队投入保护运河航线的使命当中。这些，无形中又加剧了社会矛盾，造成民心丧失，失去民心的王朝又能存续多久呢？

军事指挥上失策的后果，是一场战争的失败，而在国家统治战略上失策，那就只有亡国了。

金山岭长城

金山岭长城位于河北省滦平县巴克什营的大小金山岭上，是明代万里长城的重要组成部分。明代隆庆元年（1567年），戚继光镇守北疆，继续兴建众多敌楼和战台，成为万里长城上构筑最复杂、楼台最密集的一段。

三朝不筑长城的缘故

都知道中国自古有许多朝代修筑过万里长城，也知道修筑长城是劳民伤财的事。但是，修筑长城就像今天田径项目中的接力赛一样，几乎未曾间断地延续下来，特别是秦、汉、明三朝帝国更是大力修筑长城，其耗费的人力物力简直难以计数。然而，在中国数千年封建王朝中竟也有不修筑长城的例外，那就是大唐王朝、成吉思汗及后人创建的元朝和入主中原268年的清王朝。当然，修筑长城都有着一个共同的目的——防御侵略，那么不修长城的缘故又是什么呢？

◎ 大唐气度

在中国数千年封建王朝的历史长河中，最辉煌鼎盛的就数历时近300年的大唐王朝了。如果说大唐王朝有什么风格的话，似乎用海纳百川来形容最贴切不过了。既然大唐有如此博大的胸怀和气度，筑城自围肯定就不是它的品格。那么，到底该如何剖析和评价大唐王朝不修筑长城的原因呢？

当西方世界陷入中世纪那场经济危机的漫漫黑夜时，中国却迎来了有史以来最为辉煌的盛唐时期。李唐王朝20多代帝王几乎都是胸襟开阔之人，他们以海纳百川的气度和品格创建了"贞观之治"和"开元盛世"那空前的繁盛，也把中国的政治、经济、军事、文化和外交等成就都推向了世界的巅峰。大唐王朝以其雄厚国力、昂扬气势、进取精神和宏大魄力，以及容纳万象的气度，博得世界各国人民的赞誉和仰慕。当然，大唐王朝之所以有这样的大胸怀和大手笔，首先得益于它强盛无比的国力。

大唐王朝开创者李渊及其儿子李世民，都是马上夺天下的英雄豪杰，特别是李世民，不仅在创建天下时的征战中屡立功勋，还是治理国家的贤明君主。他善于听取贤臣良将的意见和建议，自身也有着卓越非凡的见识和才能，且不说他能够果断地发动"玄武门之变"，夺得御临天下的皇位，单是他在即位不久便开创"贞观之治"的盛世之态，就不由不让人信服和感叹了。当然，李世民主政天下时手下有一大批贤臣良将，特别是旷世贤臣魏徵，更是历史上罕见的敢于直言进谏的忠臣。如自魏徵之口留传至今的至理名言有："水能载舟，亦能覆舟""兼听则明，偏信则暗""俭以息人""以史为鉴，可以知兴替"等，至今都有着积极的社会意义。正是因为有李世民的英明和魏徵等人的一心为公，大唐王朝才能够不断地开创出盛世景象。

体现大唐盛世的"内治"中，还不能忽略其军事功用。如大唐王朝在中原稳定之后，对于北方突

唐太宗李世民

唐太宗李世民（599—649年），唐朝第二位皇帝，政治家、战略家、军事家、书法家、诗人。年号"贞观"。在位时对外开疆拓土，攻灭东突厥与薛延陀，征服高昌、龟兹和吐谷浑，重创高句丽。设立安西四镇，与北方地区各民族融洽相处，获得"天可汗"尊号。

交河故城

　　交河故城是世界上最大、最古老，保存得最完好的生土建筑城市，也是我国保存最完整的两千多年的都市遗迹，唐西域最高军政机构安西都护府最早就设在交河故城。

厥的边庭骚扰，是有极为长远的战略眼光的。大唐帝王多次派遣军队深入大漠对突厥进行毁灭性打击，还在征服之后开创性设置了北庭、西域等都护府，专门负责管理广大西北地区的军政防务。既然大唐疆域已经远出大漠，剽悍突厥已经臣服，再在北方修筑长城就显得多余了。

　　在大唐盛世环境下，有远见卓识的帝王们开始致力开展积极的"外交"活动。如大唐王朝大力开辟丝绸之路和海上商业通道，积极组织参与世界各国的商业贸易往来活动，推动世界商业经济大幅度发展。在开放过程中，大唐王朝广泛吸纳外国的先进科学技术，也主动把自己领先的文化传播到世界各地，从而促进世界范围内的文化交流。大唐王朝以大气磅礴的胆略与世界上许多国家建立外交关系，使国都长安成为当时世界上的政治、经济和文化中心。同时，大唐王朝还大胆任用许多外国人士为自己政府的高级官员，参与国家的建设与治理。在与世界交流接轨的同时，大唐王朝以其不拘一格的宏阔气度和非凡的创造精神，使自己的政治得到空前的开明畅达，经济得到飞速的发展，文化艺术达到空前繁荣的盛况。可以这样说，大唐王朝是中国历史上最具开放和创造精神的伟大时代，是中国人值得骄傲和自豪的时代。

在这样一个时代里，大唐人民还需筑城自囿吗？作为当时世界上的头号强国，大唐王朝对自己的文治武功和大一统事业，表现出无比的自信和骄傲。当时，大唐王朝疆域东起朝鲜半岛，西达阿姆河流域，南抵今天的越南，北至贝加尔湖。如果有兴趣的人们细细勾画出那时大唐王朝的版图，不难发现那是怎样的广阔。当然，面对如此庞大的帝国大业，不仅需要有一支强盛的军队来保卫，更需要有胸襟开阔的一代代帝王来主宰。在以唐太宗为代表的大唐帝王们，几乎人人都能顺应时代潮流发展，以气吞山河的大手笔，使境内各民族安居乐业，享受繁华盛世的荣光，在对待境外各国的关系上，也始终贯彻睦邻友好的外交政策。记得唐高祖在给高丽国王的一封信中，就曾提出过"柔怀万国"的外交方针，而唐玄宗则宣布"开怀纳戎，张袖延狄"。

为了使"柔怀万国"的外交方针得以积极有效地贯彻，唐太宗李世民积极开疆拓土，首先兵发西北边陲，一举灭掉多年来一直祸害中原的突厥部落，从而稳定、巩固和扩展了西北边疆。在此基础上，大唐王朝趁机恢复中断多年的中西方商业大道——丝绸之路，仅此就使大唐王朝声威远播海内外。于是，各国开始派遣使者来到大唐，有前来朝贡的政府使臣，有进行商业贸易的商贾，有传经布道的教士，也有留学并渴望参加大唐科举考试的学者。对于使节，大唐王朝设有鸿胪寺（那时的外交部）负责处理有关事宜，

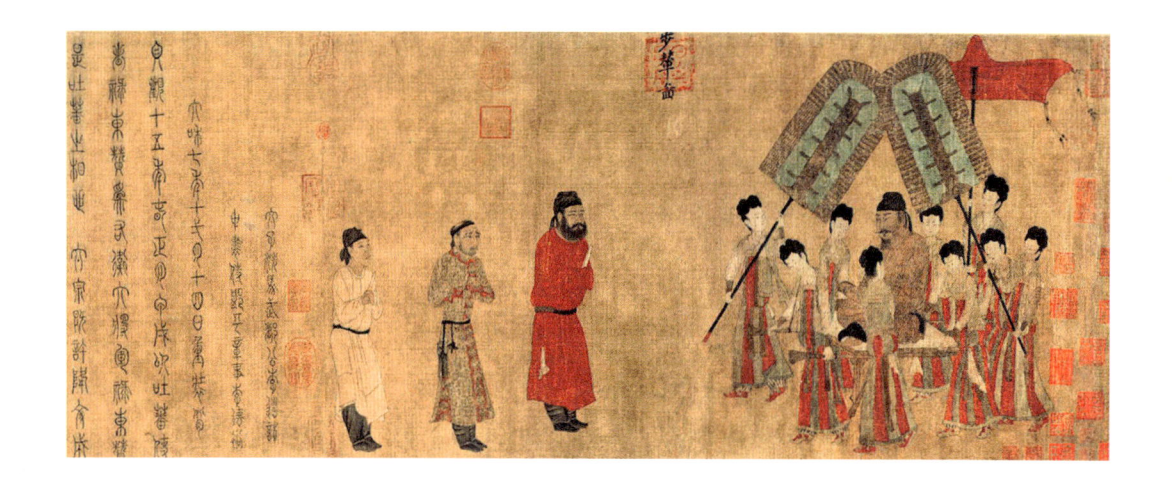

步辇图

唐朝阎立本绘制，故宫博物院藏。描绘的是吐蕃使者禄东赞朝见唐太宗时的场景。

并为他们提供回国途中一切资粮费用，可见当时大唐的非凡气度。

有魄力接收，就要有能力消化。长期居住在大唐的外国人积极吸收大唐灿烂的科学文化，成为地道的"中国通"，许多人还在中国娶妻生子，与中华民族相共融。而外国学子们来到中国留学，也不仅仅是学习知识的需要或者是获得一种荣耀，还有成为大唐政府官员的渴望。当然，大唐王朝也给予他们这种梦想成真的可能和条件。当时，在开明的唐太宗李世民的倡议下，国子监面积不断扩大，增收中外学子达8000人，其"国学之盛，近古未有"。这些学子中有许多人后来真的成了大唐政府官员。据唐史记载说，当时国子监开设的进士科分为国子进士、乡贡进士和宾贡进士三种，而宾贡进士就是专门招收国外和少数民族学子的。宾贡进士出身的外国人很多，有朝鲜的新罗人，有今天的阿拉伯人，也有日本人，当然中国人最熟悉的还是日本人阿倍仲麻吕，他的中文名字叫晁衡，他不仅留下许多脍炙人口的著作，还是当时李白等大诗人的挚友。阿倍仲麻吕在中国居住长达54年之久，做官也做到了光禄大夫、御史丞和秘书监等朝廷大员。与阿倍仲麻吕同样在大唐政府做官的，还有官至侍御史、内供奉的新罗人崔致远，官至翰林学士的越南人姜公辅等，这些都体现了大唐王朝博大的精神品格。

写大唐王朝不筑长城的缘故，拉杂出这些文字，似乎有些跑题。而细细一想，原来大唐王朝不筑长城的缘故竟也袒露无遗，那就是其雄厚的国力和博大的气度岂容一道长城来拘囿呢？

日本遣唐使

日本为了学习中国文化，在约264年的时间里先后派出十几次遣唐使团，人数最多时超过500人。其中尤以阿倍仲麻吕、吉备真备随行的第八次遣唐使最为著名。

◎ 一代天骄也筑城？

翻开中国数千年封建王朝的历史，历数那些开疆拓土的风云帝王，似乎没有一人能与"一代天骄"成吉思汗相比肩。也确实，肩背弯弓、手持弯刀的铁木真以他那来如天坠、去如电逝的神武之旅，不仅跃马长城一统中原，而且纵横欧亚无人匹敌，建立了世界上版图空前的庞大帝国。然而，就是这样一位一生嗜好扩张扩张再扩张的枭雄，何以就有了筑城自囿的非议呢？

非议来自20多年前出版的几种主要的中国军用地图，其中将内蒙古境内许多绵亘不尽的古代城垣遗迹注记为"成吉思汗边墙"，或者"成吉思汗边堡"，也有叫作"成吉思汗土城"的。人们都知道成吉思汗的一生是不断征战杀伐的一生，是永无止境进行版图扩张的一生。他是否兴修过偌大规模的防御工程，上述古代城垣又是否是成吉思汗时代的产物呢？实在有提出质疑的必要。

成吉思汗，原名孛儿只斤·铁木真，出生于蒙古部落的一个贵族家庭。自幼铁木真就是一个意志坚强的人，青年时代依靠亲兵支持，首先在本部落树立了自己的绝对权威，然后又陆续击败吞并其他部落，完成了对蒙古各主要部落的铁腕统治，成为蒙古部落最强有力的军事政治组织者。1206年，蒙古各部落酋长在斡难河畔召开"库里尔台会议"，一致推举铁木真为大汗，并上尊号为"成吉思"（意思是海洋或者坚强），形成了强盛的蒙古汗国。

其实，那时蒙古汗国才刚刚从氏族制度走向封建社会，但他们因为经常进行战争掠夺，把击败对手当成是无上的荣耀，再加上在长期游牧生活中锻炼得剽勇强悍，人人精于骑射，包括那些老人和妇女都是"上马则备战斗，下马则屯聚牧养"，具有很强的战斗攻击能力。特别是，他们在出征时还无需携带粮草辎重，"只是羊马随行，不用运饷"，羊马被吃完以后就射杀动物野兽充饥，所以行动起来十分迅疾，真可谓是"来如天坠，去如电逝"。如此，那些过着安稳闲适定居生活的人们往往是难以防范、不堪一击的。

成吉思汗正是凭着这样一支洪水疾风般的军事劲旅，夺取金王朝北疆大片土地，还充分利用被占领区的人力物力资源进军欧洲。他的骑兵神旅在轻而易举越过高加索山之后，就毫无顾忌地驰骋在广阔的顿河流域，一直兵临伏尔加河。在不断征服中，成吉思汗先后建立了窝阔台（今蒙古以南一带）、察合台（中亚部分地区和中国的新疆地区）、伊尔（今波斯和小亚细亚等地区）和金帐（今俄罗斯西部等地区）四大汗国，以及中国的元朝在内的横跨欧亚的强大帝国，那真可谓是极盛一时，前所未有。这就是说，成吉思汗在兴起之后一直是蒸蒸日上，他毕生主要活动就是大规模的远征杀戮，就是疆域和版图的不断扩大。因而，他不可能也不需要构筑什么防御性的城垣来限制自己的发展。当然，就目前有关成吉思汗的史料中，还没有发现他曾修筑过边墙的文字记载。这是其一。

其二，在细细考察那时军用地图资料上注记为成吉思汗边墙的古代城垣遗迹中，发现其大部分是金界壕的遗迹。例如，沿大兴安岭经达来诺尔、镶

元太祖铁木真像

孛儿只斤·铁木真（1162—1227年），尊号"成吉思汗"，蒙古族乞颜部人，生于漠北斡难河（今鄂嫩河）上游地区（今蒙古国肯特省），杰出的军事家、政治家，蒙古汗国的建立者。元朝建立后尊其庙号"太祖"。

黄旗、格化司台、查干敖包至大青山一线，以及沿宝昌、康保、化德以南所谓的边墙遗址，都不是成吉思汗所修，而是金明昌—承安年间的界壕和边堡的遗痕。而且，还应该特别指出的是，假设果真那些城垣出自成吉思汗之手，那它的防御方向应该是中原大宋王朝，而不该把边墙的"马面"与副堤朝向北方，这就让人无法解释"成吉思汗边墙"的建筑动机了。再如，林西、大板、林东以北的所谓"成吉思汗边墙"，不但可以从"马面"和副堤朝向上看出它是对着北方的，还可沿着"边墙"的南侧寻觅到一些当时的屯兵小堡，从而更加雄辩地证实这些古代城垣是为了防御北方的。如此，与

内蒙古克什克腾金长城
壕墙结合的金长城，增强了前沿的防御性能。

其称它为"成吉思汗边墙",还不如说那是防御成吉思汗攻击的边墙,倒更为妥帖一些。

鉴于成吉思汗是一位有着非凡功绩和崇高地位的历史人物,关于它的传奇故事俯拾即是,这就很可能会像蒙古人民出于对王昭君的仰慕而到处指为青冢那样,也把横亘于内蒙古境内的古代城垣遗迹牵附于成吉思汗本人了。对照金以前古代城垣的走向和当时的军事斗争形势,应该以为:内蒙古地区的所谓"成吉思汗边墙"遗迹,实际上应当是金界壕和秦汉时期古代长城的遗迹。

抛开"成吉思汗边墙"之考证,再回头看一看那时还处于氏族部落时期的蒙古人,何以就能够横扫文明程度先进的亚欧大部分地区,击败一个又一个强大的敌手,建立起世界历史上前所未有的大蒙古帝国,其原因到底何在呢?

史书上记载说,铁木真一统蒙古各部落,尊号为成吉思汗后,仍然年年向中原金王朝按例纳贡。一次,他亲自到净州(今内蒙古四子王旗西北城卜子村附近)向刚刚即帝位的金卫绍王纳贡,同时也想借机探察一下大金皇帝的威严到底如何。然而,当成吉思汗朝贡回来后,则愤愤地说:"我谓中原皇帝是天上人,此等庸懦之辈亦可为之耶?"于是,他果断地断绝与金朝的臣属关系,并于1211年率领大军一路南下,开始了一统中原的征战。当时,金王朝社会危机严重,政治制度腐朽,国民经济凋敝,国家财政也十分拮据,特别是阶级矛盾和民族矛盾日益激化,根本无法组织力量抵御剽悍蒙古骑兵的攻击。野狐岭之战,号称40万的金军部队一触即溃;浍河堡决战中,成吉思汗实施中央突破全歼金军主力;缙山会战,金军精锐部队被歼灭殆尽。之后,成吉思汗率蒙古大军越过长城,南出紫荆关,兵分三路横扫华北平原,金王朝无力抵抗,不得不献出其公主,并送给蒙古大军无数金银珠宝。但是,成吉思汗要的是金王朝的统治政权和广袤的土地。

1219年,成吉思汗见金王朝已成强弩之末,就留下少数兵力收拾中原残局,自己则率领20万大军开始西征。于是,西亚诸国的灭顶之灾在所难免,

"铁马金帐"群雕

"铁马金帐"群雕位于内蒙古伊金霍洛旗成吉思汗陵,是世界上第一座完整展示成吉思汗军阵行宫的大型实景雕塑群。

很快就被成吉思汗采取各个击破的战法所征服。此后,成吉思汗在归国时又顺便将西夏国消灭。一生征战的成吉思汗,于1227年7月20日病逝在征途中。即便如此,他在临终前还向后人提出联宋灭金的战略决策。由此不难看出,一代枭雄成吉思汗确实是一位杰出的天才军事家。

剖析成吉思汗和他的蒙古大军之所以能够横扫欧亚,所向披靡,建立世界上空前的大帝国,主要有两个原因。一是在征战中,成吉思汗充分利用自己民族能骑善射的优势,经常采用奇袭战术,一举歼灭对方。同时,在与各族长期交战中,成吉思汗善于吸收他人先进的军事技术,例如攻城重型武器火炮等的使用,就大大提升了蒙古军队的进攻能力。当然，在战略上成吉思汗重视联远攻近，力避树敌过多，用兵时注重运用详探敌情、分割包围、远程奇袭、佯退诱敌和在运动中歼敌等战法，都取得了非凡战果。难怪史称成吉思汗是："深沉有大略，用兵如神。"成吉思汗的继承者们更是将其战略思想发扬光大，取得了辉煌成就。二是当时亚欧等国家正处于分裂和混战状态，其内部矛盾重重，实在难以应付蒙古大军的征讨。比如，花剌子模国的灭亡，就是因为国王与王子、统帅之间互不信任，致使部属离心，40万大军不能集中起来，结果被成吉思汗20万军队各个击破。再比如，1237年成吉思汗的孙子拔都在远征欧洲时，正值俄罗斯各公国产生内讧，所以他能够一路攻城略地，捷报频传。拔都再次突入欧洲时，欧洲各封建君主又各自

蒙古军打败欧洲联军

蒙古军共进行了三次西征。第二次西征也叫长子西征（1235—1242年），这次西征占领钦罗斯地区（今俄罗斯、乌克兰、白俄罗斯一带），一直打到多瑙河流域，击败波兰、匈牙利、日耳曼人、条顿骑士团等组成的联军。

为政，只求保存自己的实力，谁都不愿意出兵抗击，就连神圣的罗马帝国皇帝和罗马教皇也坐视蒙古大军西侵而不采取行动，以致拔都能引兵攻掠亚得里亚海东岸以及塞尔维亚和保加利亚等广大地区，然后轻轻松松地在伏尔加河下游建立起蒙古钦察汗国。而在西亚，一度强大的阿拉伯帝国那时已经衰败，自然更不是强悍蒙古骑兵的对手了。

对于这样一个以扩张为荣耀，视征服为能力的民族，用修筑长城的方式来防御侵略保护自己，那对他们来说简直就是一种莫大的耻辱。

◎ 恩威并济筑"长城"

对于希望以修筑长城来护佑自家王朝世代相传而又不能如愿的原因，似乎只有康熙大帝领悟得最为透彻，记得他在一首诗中写道：

万里经营到海涯，纷纷调发逐浮夸。
当年用尽生民力，天下何曾属尔家。

确实，中国数千年封建王朝中大肆修筑长城的有许多，可谁也没能使自家王朝绵延永久，世代永存，反而有的王朝恰恰是因为用尽当时的生民之力，才导致自家江山的覆灭。始皇帝嬴政几乎是举全国兵民之力筑就了万里长城，可秦王朝只存在了短短15年的时间，徒留"万里长城今犹在，不见当年秦始皇"的悲凄之音；北齐的文宣帝在小小疆域内竟然征调数百万民众修筑长城，最终也不过苟延残喘27个春秋；荒淫残暴的隋炀帝搜罗全国的精壮男丁，先后五次大规模修筑长城，然而隋朝也只苦苦挣扎了37年便成过眼烟云；再如修筑长城贯穿一个王朝始终的大明，虽然长城修筑的时间最长、工程最坚固、设施最完备，然而酿出的悲剧也是最为荒谬和惨痛的，而最终还是被满清八旗勇士

三朝不筑长城的缘故

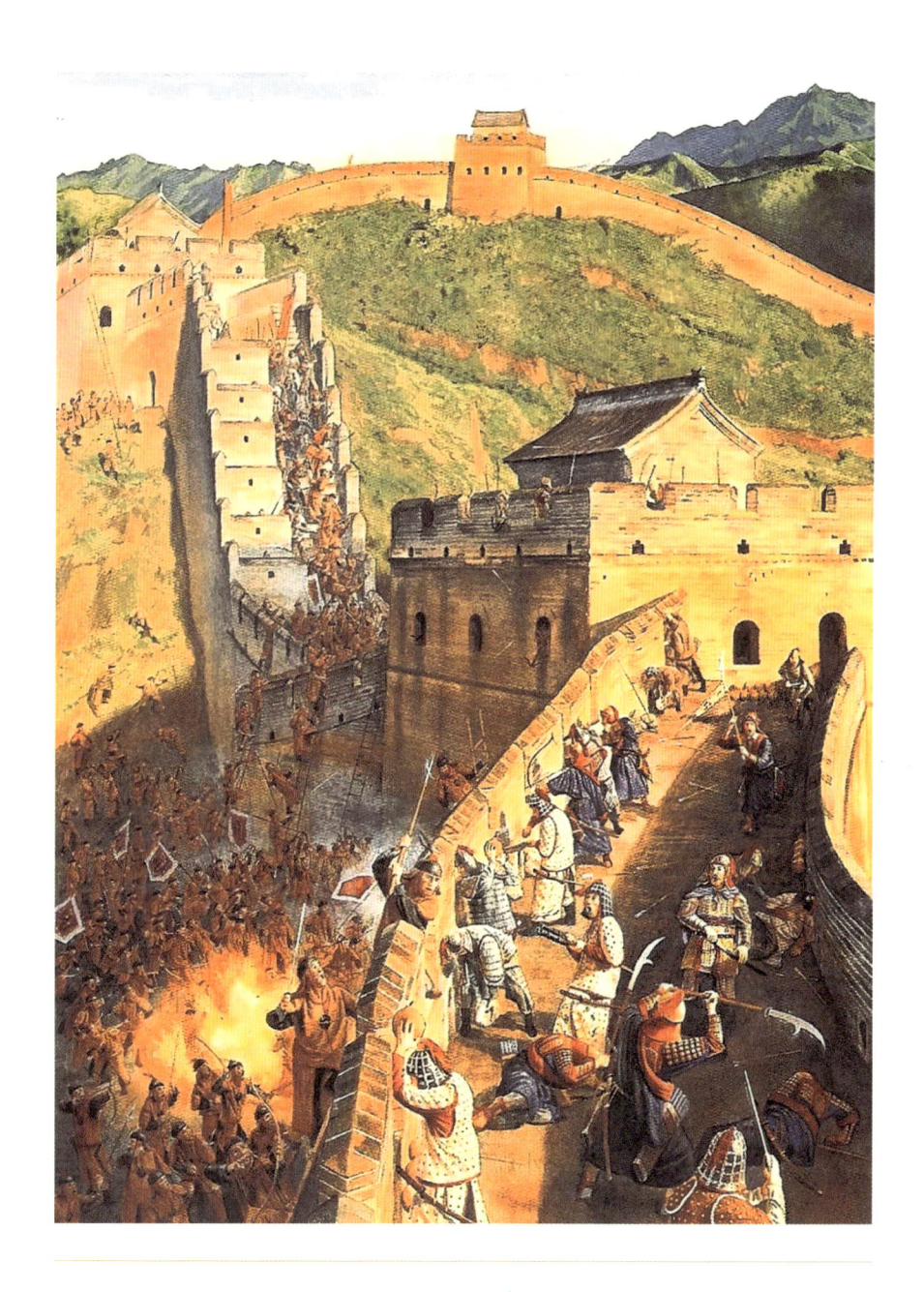

金山岭长城攻防图

此图为20世纪初西方人绘制，描绘的是明崇祯三年（1630年），清军进攻金山岭长城，与守卫的明军展开激战的情形。

踏破山海关而取代了中原的统治地位。既然前车之鉴如此明晰，那么崛起于中国东北白山黑水之间的大清王朝即便不用修筑长城来防御侵略，它又是凭借什么统治全国达268年之久的呢？

是的，虽然修筑长城不能使自家王朝绵延万年，但在冷兵器时代它的军事防御功用还是不可轻视的。已经存在数千年的万里长城，单从其军事防御角度来看，它确实是进可攻、退可守，报警迅速，呼应方便，堪称伟大的军事工程。然而，无论长城修筑得多么高大坚固，它毕竟只是一种砖石砌筑的防线，是没有生命的一堵高墙，它的军事功用要靠将士同心、勇猛善战来体现。所以，号称"以弓矢定天下"的大清统治者自然不屑于用死的长城作为自己王朝的防守重点。同时，长城防守的重点向来是塞外剽悍的蒙古人，而准备逐鹿中原的满族人在入关之前，不仅以武力统一了蒙古地区，还长年与蒙古人联姻，并且实现了他们定鼎中原后给蒙古人以亲王待遇及权力的许诺。

这种恩威并济的统御策略，早在努尔哈赤时代就已开始实施，后来也是因为与蒙古人联手才势如破竹地攻取中原，建立了统一的清王朝。不过，清军入关之后虽然对蒙古等塞外少数民族待遇不菲，但秉性尚武好杀的蒙古人并不安分，他们在境外沙俄怂恿下时刻想着与清朝一争高低。于是，在康熙大帝平定"三藩"、收复台湾之际，蒙古的一个部族首领噶尔丹用武力统一辖制了蒙古全境，并将对中原觊觎之心变成了实际的军事行动。雄才大略的康熙大帝自然不能容忍神圣的皇权和领土被分裂，他先后三次统率大军御驾亲征，深入大漠腹地对噶尔丹进行毁灭性打击。随后，深谙封建统治策略的康熙大帝秉承祖先的智慧，举行具有历史意义的"多伦会盟"，对蒙古等少数民族又进行拉拢和结盟。当然，康熙大帝与蒙古诸王的会盟，目的是争取一个较长时间的和平环境，用来巩固刚刚稳定下来的全国局势，也是在积极探寻一个长久统治蒙古的上善之策。

谙熟中原儒家文化的康熙大帝在暂时稳定蒙古的同时，一边对全国民众采取轻徭薄赋的养民政策，一边开始巡行塞外以求找到一处理想的狩猎场。不过，康熙大帝要开辟的狩猎场并不是单纯为了狩猎，或者可以说是"醉翁之意不在酒"，而在于在狩猎场演兵练武震慑蒙古。

确实，精通儒家经史子集的康熙大帝，不仅擅长弓马骑射，能够熟练地掌握各种火枪武器，还深刻洞悉了满清八旗劲旅入关后荒靡颓废的下场，也就是不堪一击之后退回关外的苦寒之地。所以，康熙大帝下定决心要重振八旗雄风，尽量使大清王朝摆脱历史悲剧。于是，康熙大帝于康熙四十二年（1703年）带领诸多王公大臣和皇子皇孙多次巡行塞外，目的就是要踏勘一处演武练兵的"狩猎场"。功夫不负有心人。木兰围场终于在塞外建成，并在康熙大帝时代形成了每年举行狩猎的定制。

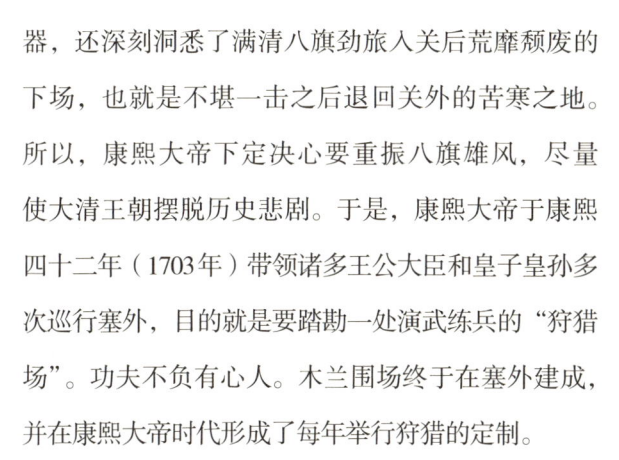

有文章形容当年在木兰围场进行皇家狩猎时的情景，简直就是一场声势浩大的军事实战演习，参加演习的不仅是八旗勇士，更有王公大臣和皇家子孙，特别是"万乘之躯"的康熙大帝也身先士

多伦会盟碑

多伦会盟碑全称"多伦诺尔会盟纪念碑"，位于内蒙古多伦县城北。原碑1945年被苏蒙联军毁坏，20世纪90年代多伦县委、县政府又重建了会盟纪念碑。

康熙围猎图

清郎世宁绘。《清实录》记载,康熙二十一年(1682年)春,康熙皇帝东巡吉林往返途中"共射殪猛虎凡三十七只,其余官兵射猎獐狍野鹿及虎豹不计其数"。

卒,曾亲自用弓箭射杀过凶狠的猛虎。如此,一同参加狩猎的蒙古王公,当他们目睹大清皇族的威猛后,更不敢轻举妄动了。不过,尚武的康熙大帝在展示自己不世武功的同时,也没有忘记分封、结盟和联姻等怀柔手段,终于将东起呼伦贝尔、西跨巴尔喀什湖、北连贝加尔湖、南达鄂尔多斯,以及西南至青海的蒙古各部,集结成一条强劲无比的政治纽带,构筑了一道雄伟壮观的"民族长城"。正是因为康熙大帝的这道无形长城,使大清王朝呈现了一百多年边关无战事的"康乾盛世"。

据史书记载,乾隆皇帝在驳斥大臣劝诫他不要到木兰围场狩猎时，曾就举行木兰围场狩猎的作用和意义进行解释说：

古之春蒐夏苗秋狝冬狩，皆因田猎以讲武事。我朝武备，超越前代。当皇祖时，屡次出师，所向无敌，皆因平日训肄娴熟，是以有勇知方，人思敌忾。若平时将狩猎之事，废而不讲，则满洲兵弁，习于晏安，骑射渐至生疏矣。皇祖每年出口行围，于军务最为有益，而纪纲整饬，政事悉举，愿与在京无异。至巡行口外，绥抚蒙古诸藩，加之恩意，因此寓怀远之略，所关甚巨。皇考因两路出兵，现有征发，是以暂停围猎，若在撤兵之后，亦必举行。况今升平日久，弓马渐不如前，人情狃于安逸，亦不可不加振厉。朕之降旨行围，所以遵循祖制，整饬戎兵，怀柔属国，非驰骋畋游之谓。至启行时，朕尚欲另降谕旨，加恩赏赉，令其从容行走，亦不至苦兵弁。朕性耽经史，至今手不释卷，游逸二字，时时警省，若使逸乐是娱，则在禁中，纵所欲为，罔恤国富，何所不可，岂必行围远出耶？

诚如乾隆皇帝所言，举行木兰围场狩猎不单是为了演兵练武，更不是什么巡幸游玩，而是一项抚绥蒙古的长远国策。正是因为这一英明的战略决策，才有了后来也成为中国另一处世界文化遗产地的河北承德避暑山庄。而承德避暑山庄的建立，也不单纯是一处皇家避暑休闲的林园，而是康熙大帝那道无形长城的延伸。关于避暑山庄的政治意义、军事作用，以及它的园林特色、园艺价值等在这套丛书的避暑山庄卷中有专门讲述，在此不赘述。

如此，既然康熙大帝懂得并能够熟练地运用恩威并济这道无形的政治民族长城，使当时大清王朝的江山坚如铜墙铁壁，似乎确实没有劳民伤财去修筑什么长城的必要。

塞宴四事图

清郎世宁绘，故宫博物院藏。描绘了乾隆皇帝在木兰秋狝后，于避暑山庄接见宴请蒙古部族首领，举行诈马（赛马）、什榜（音乐）、布库（相扑）、教跳（驯马）等四事的场景。

三朝不筑长城的缘故

长城内外硝烟起

作为中国古代一项伟大的军事工程，长城是伴随着战争走进人们记忆中的。虽然它见惯了血雨腥风的战争杀戮，但它最渴望的还是绿色和平，否则何以就有了"绿色长城"的说法呢？然而，从古至今在长城内外发生的征战数不胜数，特别是一些起着决定意义的战争更是让人难以释怀，而关系到一个朝代更迭的战争就不能不写进史册了。在把战争作为观照历史的一面镜子的同时，也好让后世之人不断去反省自身，最终消灭这种不把人类生命当回事的杀伐。如此，让长城永远地摆脱战火硝烟的阴霾，难道不是一件赏心悦目的事吗？但战争依然没有根绝，即使有这么一个短暂的和平间隙，让人们来回顾和研究战争，但谁又能保证战争的惨剧不会重演呢？

◎ 七雄争霸归一统

古人曰：合久必分，分久必合。大周王朝的政治航船行进到周幽王时期，在他导演"烽火戏诸侯"博得女人一笑的闹剧之后，更加快了"合久必分"的历史进程。于是，"三家分晋"肢解了貌合神离的正统王朝，各封地上的大小诸侯们纷纷划地而治，从而拉开了中国长达5个多世纪征战杀伐的历史序幕。翻过春秋时期那120多个小诸侯国并存的纷乱时局，终于迎来战国七雄的争霸场面。虽然血腥屠杀充斥了这段长达200多年历史的全过程，但其中值得也应该让世人汲取的经验和教训实在是十分深刻的。

从公元前475年到前221年这个时期里，中国社会一直处于动荡不息征战不止的状态。七个主要诸侯国相互兼并，战火硝烟始终笼罩在中国的天空上，从长江流域到塞外边关几乎没有一处安宁的地界，可以用天下大乱来形容。这就是史称"战国"的由来。

战国七雄，其实是相对而言且轮流称霸的。经过春秋时期不断兼并，到战国时100多个诸侯国只剩下了十几个国家，除了秦、楚、韩、赵、魏、齐、燕七个强国之外，还有周、宋、卫、鲁、滕、邹、费和少数民族建立的中山、林胡、楼烦、东胡、匈奴和义渠等弱小诸侯国。而敢于在中原称雄争霸的，先是中原的那几个国家，被中原诸国鄙视为蛮夷之邦的秦国似乎根本就不够资格。然而，雄踞西北的秦国早就对中原虎视眈眈，后来通过卫国人鞅（后被赐姓商，故名商鞅）的变法而崛起，便参与了逐鹿中原。几经交战，昔日称霸中原的几个霸主国相继衰落。于是，秦国开始肆无忌惮地进行统一全国的大业。其实，秦国早在孝公、惠文王时就开始向东边的魏国进攻，并取得不少的胜利。到秦昭王时（前

西安临潼骊山烽火台

烽火台位于西安临潼骊山西绣岭最高峰，据说是烽火戏诸侯故事的诞生地。

306年—前251年），他不仅善于任用贤良之士为辅佐，而且还在痛击北方匈奴义渠戎王之后，不惜民力完成了秦惠王时就开始修筑的北方防御工事——长城的修缮。秦昭王之所以如此，是因为他心里非常明白要想取得逐鹿中原的成功，必须先解除自己的后方隐患。

秦昭王北击匈奴并筑城防卫等措施的采取，都为后来秦始皇扫平六国打下了基础。公元前230年，秦国一统中国的战争首先从吞并韩国打响了。地盘最小的韩国实在无法抗秦，虽然它愿意向秦国表示臣服，但它所处的重要战略地位却不容它再继续存在下去。于是，韩国成了秦国统一全国时最先被灭亡的国家，其地界也被纳入秦国的版图，成为其一个郡——颍川郡。

秦国占据攻伐中原的战略要地——进出函谷关的咽喉颍川郡之后，又把战争矛头直指赵国。然而，赵国先有廉颇使秦国不敢正视，后有李牧屡败秦军，以至于秦军一听说是李牧领兵就不战而逃，就连秦国大将王翦也无可奈何。于是，惯

魏国河西长城分布示意图

战国时期魏长城共有两道：一是西北的防秦防戎长城——河西长城；二是西南长城——河南长城。河西长城作用是防御秦国的进攻。

用反间计的秦国不惜重金收买赵国的奸臣郭开，唆使赵王罢免名将李牧的统帅一职，并残忍地杀害了他。攻赵障碍被除，于是秦军轻而易举地攻克了赵国首都邯郸，不仅俘虏了赵王迁，还将逃亡的赵国公子嘉赶到了代郡。虽然赵公子嘉自立为王以图复兴，但几年后就在秦军追逼下悲愤地自杀了。

对燕国有切齿之恨的秦国，在公元前225年开始报复当年被燕国刺客荆轲刺杀的耻辱。燕国不堪强大秦军的进攻，一味退却固守都城，在终于固守无望时，燕王竟然将自己的儿子、当年导演荆轲刺秦壮举的公子丹斩杀，并将其首级献给秦国以乞降。不料，铁心要报仇的秦始皇并不甘休，派遣大军一直追击燕王残部到达辽东地区，终于将燕王喜斩杀。

到了公元前225年，秦国开始与魏国交恶。两军相持之际，秦军竟然掘开河水围困魏国首都大梁达三月之久，迫使魏王不得不出城投降，被秦军当场杀死，其国都也被列为秦国的

河北武安赵长城遗址

赵长城是中国现存最古老的长城，分为南北二段。南长城为赵肃侯所建，大体从今武安西南起，向东南延伸磁县西南，折而东北行，沿漳水到今肥乡西南

东郡。

公元前223年，秦国名将王翦率领60万大军攻伐楚国，一战而擒楚王，第二年秦国便完全攻占了楚国的所有地盘。

公元前221年，秦国最后与老对手齐国进行决战。其实，这时的齐国已经是徒有虚名了。不仅国内经济凋敝、政治腐败，齐王建还十分昏庸和没主见。他先是拒绝接受有政治远见的周子的援赵策略，坐视邻国赵的灭亡，后又听信被秦国贿买的内奸相国后胜的谗言，整日花天酒地地享乐。如果说坐视赵国灭亡使齐国唇亡齿寒的话，那么齐王终年坐享太平不修武备，面对秦国虎狼之师没有丝毫防备之心，就实在是麻木透顶了。特别是齐王建在执政期间，竟然对祖先几代费尽心血修筑的长城漠视不管，更是他昏聩无能的表现。如此，等待齐王建的只有悲惨的人生结局。记得史书上记载说，齐王建降于秦后被送到一个叫作共的地方，最终饿死于荒郊野外，落得个死无全尸的命运。

剖析秦之所以能在短短10年时间内就统一中国的原因，除了关东六国久经战祸已经衰落外，还有就是秦国的变法比较成功，对旧势力、旧制度的铲

秦灭六国形势图

除更为彻底，使其能够迅速成为战国七雄中的佼佼者。另外，秦国据有富饶而又易守难攻的关中要地，地理上的优势也不可忽视。几代秦王都十分重视修筑边关长城以巩固北方防线，这也是后来秦始皇平定中原六国赖以依傍的英明战略。所以有文章说，秦始皇扫平六国是"奋六世之余烈"，其"余烈"中似乎不应该忘记几世修筑长城的功劳，否则实在有失公允。不过，成就秦始皇不朽帝业的万里长城，后来竟成了摧毁秦帝国大厦的导火索。那就是修筑长城的农民在陈胜、吴广带领下，掀起了中国历史上第一次大规模的农民起义，为后来秦国一个小小的亭长刘邦所效仿，从而开创了延续数百年之久的大汉王朝。

当然，大汉王朝后来也曾效仿秦王朝大举修筑长城。不过，他们在修筑长城的同时，不仅派遣雄

秦长城分布和北击匈奴示意图

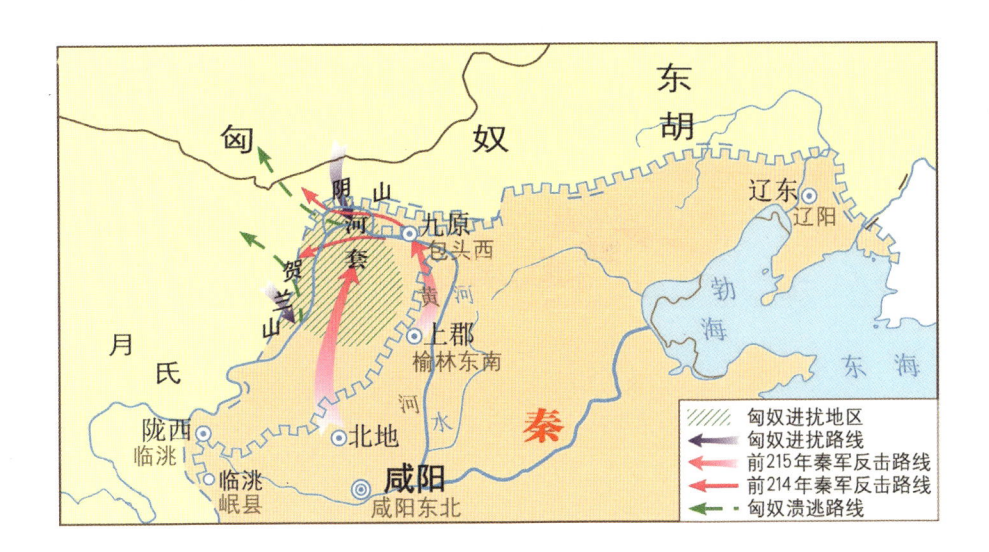

兵猛将驻守在长城沿线，还敢于越过长城深入大漠腹地打击匈奴骑兵，使剽悍的匈奴人"不敢南下而牧马"。这恐怕不是秦始皇所能想到的吧？

◎ "飞将军"的胆识

让匈奴人"不敢南下而牧马"的，是中国历史上赫赫有名的"飞将军"李广。那么，李广到底是何许人也？李广，陇西成纪人，其"飞将军"威名随着"但使龙城飞将在，不教胡马度阴山"的诗句而广为流传，并震慑了剽悍的匈奴骑兵，但赢得这一切的原因都是缘于他过人的胆识，以及形成过人胆识的精湛武艺。

出身将门的"飞将军"李广，其祖父原是秦国大将军李信。李信虽说没有秦国名将蒙恬或王翦等人声名显赫，但他曾经俘获过"荆轲刺秦"的幕后主使燕太子丹，从而在历史上留下辉煌的一笔。李广自幼在军营中成长，跟随祖父及家人学习弓马骑射等本领，特别是祖传的射箭技艺更是他所痴迷的。经过数年辛勤苦练，李广精通十八般武艺，射得一手好箭，还培养了过人的胆识和豁达开朗的性情。汉文帝十四年（前166年），匈奴大举入侵汉朝的长城边关，刚刚成年的李广毅然放弃稳定安逸的生活环境，投身到抗击匈奴的队伍中，并在第一次战斗中以其高超箭术射杀和俘虏了很多敌人，随后便晋升为郎中，并担任汉文帝刘恒的骑兵侍卫。此后，李广又几次跟随汉文帝行围射猎，并以精妙骑射之术格杀了许多猛兽。汉文帝刘恒曾十分叹息地说："可惜李广生不逢时，如果赶上高祖打天下的时代，封万户侯是不用说的！"

后来，文帝驾崩景帝即位，高祖刘邦时代分封的吴、楚二王联合其他五王共同起兵造反，史称"七王之乱"。这时，李广任骁骑将军，跟从太尉周亚夫四处转战平叛，因过人胆识和精妙射术而战功卓越，同时也使自己声名大

震。平叛结束后，李广调任上谷太守，归典属国公孙昆邪节制，虽说李广在此期间曾几次击退匈奴骑兵的进攻，为稳定上谷边防立下功勋，但上司典属国公孙昆邪因与李广不和而上书景帝哭诉说："凭李广的才气，天下无双，但他自恃有才能，经常与我争胜负，我恐怕活不长了。"于是，汉景帝便把李广调离上谷，迁任上郡太守，并派遣宫中的心腹跟随李广一起统率和操练军队。而这时，害怕李广的匈奴人以为他还在上谷驻守，便放弃上谷转而大胆地进攻上郡来了。一次，宫中贵人带领数十名骑兵外出游猎，在边关遭遇三名匈奴人，当即便与他们交战起来。三名匈奴人射技高超，不仅射伤宫中贵人，还几乎全部射杀了与宫中贵人同去的几十名骑兵。宫中贵人侥幸逃脱后，便向李广报告了这一情况。李广闻听后，沉思片刻说："这一定是匈奴的射雕手。"于是，李广就带领百余名骑兵追赶那三名匈奴射雕手。不料，那三名匈奴人并没有骑马逃走，而是徒步缓缓而行，根本没把汉朝追赶而来的骑兵放在眼里。李广

李广像

清代绘制。李广（？—前119年），陇西成纪（今甘肃省秦安县）人，西汉时期名将、民族英雄，秦朝名将李信的后代。

李广射虎画像砖

西晋时期制作，敦煌市博物馆藏。李广头戴冠，八字须，着交领窄袖衣，系腰带，下身着裈，骑于疾奔的马上返身张弓待发。

见状大怒，命令手下骑兵从左右两翼包抄，由他亲自来射杀这三名匈奴射雕手。在李广百发百中的神箭下，其中两人被当场射死，另一人也被李广有意射伤后活捉，一问果然是匈奴的射雕手。

射杀匈奴三名射雕手后，李广准备返回大营时却发现远处有数千名匈奴骑兵在策马狂奔，而匈奴骑兵也看见了李广他们。于是，双方便抢占山头摆开阵势。面对与自己对峙的数千名匈奴骑兵，李广手下的百名骑兵开始都很害怕，想着赶快策马往回跑。而李广却说："我们离开大本营已有数十里，如果现在就这样逃跑的话，匈奴人一定会赶来追射，我们就会立刻遭到射杀。如果我们现在留下来与他们对峙，匈奴人一定会以为我们是诱敌之军，他们绝对不敢轻易来攻击我们。"于是，李广果断地命令骑兵向前挺进，直到距离匈奴阵地不足两里的地方才停下来，并要求手下的骑兵们说："都下马解开马鞍！"手下的骑兵们说："如果我们解下马鞍，匈奴骑兵进攻时我们该怎么办？"李广说："那些匈奴人本以为我们会逃跑，现在我们解下马鞍则表示不走，用这个办法来坚定他们把我们看作诱敌的想法。"果然，面对李广等人如此大胆的行为，匈奴骑兵首领更加不敢轻易进攻了。不过，精明的匈奴人派遣一名白马将领前来窥视李广等人的动机，于是神箭手李广立即上马带着十多名骑兵奔驰过去，并迅速射杀匈奴白马将领，然后又慢慢回到自己的队伍中，下马躺在地上休息。这时，天色已渐渐暗淡下来，匈奴人始终感到奇怪，犹豫着不敢进击，直到半夜时分，因害怕汉军在附近有伏兵，便乘夜引兵离去。后来，李广又先后迁任陇西、北地、雁门和云中等地太守，始终驻守在长城沿线，让匈奴人一直搞不清李广到底在哪儿，从而也就不敢轻易兵进汉朝边庭。

还有一次，李广领兵进击匈奴，汉军士兵们刚开始时都有些惧怕。于是，李广让自己的儿子李敢率先冲击匈奴军阵射杀一番后，便故意在军中散布说匈奴人并不可怕，汉军们听了才安定下来。第二天，李广领兵与匈奴骑兵对阵，他让士兵们排列成半圆形阵势，手持盾牌面朝外，只等匈奴骑兵的箭雨过后，他才下令自己的士兵张弓搭箭，但只拉满弓而不发箭，只由他自己用大黄弩弓专门射杀匈奴的将领。百发百中的"飞将军"李广果然箭不落空，转眼间就射杀了匈奴将领数十人，使匈奴将领人人自危，再也支撑不住，只得慌忙败退而去。

汉武帝即位后，对于匈奴人的袭扰十分恼火，就准备给匈奴以毁灭性打击。于是，当时的未央宫卫尉李广和长

李广雕像

乐官卫尉程不识，分别领兵进击匈奴。不过，程不识与李广两人的领兵方法截然不同，李广行军没有严格的编制、队列和阵势，部队驻扎下来后人人自便，晚上中军不仅不设巡逻哨兵，就连军中文书等也一概从简，只在远处布置几名侦察岗哨，但从没遭遇过危险。而程不识对军队要求严格，编制、队列和阵势齐整，晚上设有远近巡逻哨兵，军士不得随便出入营房，就连一些军官和士兵们有时处理文件还得到天亮时分。但程不识曾经说："虽然李广的军队看似散漫没有纪律，但他的士兵比较安逸快乐，所以遇到敌人都愿意拼死效力。而我的部队即便紧张忙碌，但敌人也不敢轻易来犯。"虽然李广和程不识都是汉朝名将，但是匈奴人依然畏惧李广多于畏惧程不识，汉朝士兵们也多喜欢跟随李广而苦于跟随程不识。

不过，李广也有失手的时候。一次，已经由卫尉调任将军的李广，从雁门郡出击匈奴，由于双方兵力过于悬殊，李广陷入包围被匈奴人活捉。匈奴骑兵活捉李广后，匈奴单于要亲自见一见让他们闻风丧胆的"飞将军"，便派手下人去押解李广。当时，李广已受伤生病，他们便把李广安置在两马之间，用绳索结成网兜让李广躺着。行走十多里后，李广假装昏睡过去，并乘押解人员思想麻痹时突然纵身一跃，跨上旁边一位匈奴少年的马背，挟持着匈奴少年策马

汉代箭簇

西汉时期制作，陕西西安杜陵遗址公园出土。

向南狂奔而去。匈奴骑兵紧追不放,"飞将军"李广边跑边拿起匈奴少年的弓箭,接连射杀多名追赶的匈奴骑兵,使他们不得不退却而去。不料,由于李广在战斗中使自己的部队伤亡惨重,等他回到京师后便获罪被逮捕。后来,朝廷念李广战功卓著,虽然赦免了他的死罪,但把李广贬为平民。

再后来,李广重新被朝廷起用,以郎中令的身份率兵跟随博望侯张骞一同进击匈奴,使"飞将军"的威名再次传扬到长城内外。

李广墓

李广墓在天水市区南郊的文山山麓,是李广的衣冠冢。李广墓建于何时,史无记载。

◎ "杨家将"苦战雁门关

在中国历史上诸多王朝中,宋朝向来就是一个弱势王朝,不是屡遭辽金的欺凌,就是迫不得已偏安一隅。而在这种状况下，却涌现出如文天祥、岳飞和"杨家将"等英雄群体，这不知是那个朝代的幸运还是不幸，反正世人记住了他们的辉煌和那个朝代的衰败。在这里，仅截取满门忠烈"杨家将"苦战雁门关的旧事，以兹见证。

太平兴国四年（979年），宋太宗赵匡义一举荡平北汉政权，并准备一鼓作气收复幽云十六州，向辽兵发起反击战。可战争并没有按照宋太宗设想的那样进展顺利，而是双方互有胜负，第二年还出现了10万辽兵进攻雁门关的危急征兆。在雁门关紧急战报迅疾传到时任代州刺史杨业的案头时，驻

雁门关长城

雁门关长城在山西代县城西北20千米雁门山腰，地势异常险要，为历代戍守重地。现关城为明洪武七年（1374年）建，后复筑门楼。

守在今天山西代县的杨业手下只有几千名骑兵，显然是一场以弱抗强的不利战争。对此，久经沙场的老将杨业心中十分明白，如果不采取奇袭的战法，那肯定是败多胜少。一代名将杨业乘辽兵立足未稳，悄悄带领几百名轻骑勇士，从雁门关西侧羊肠小道绕到雁门关北面，突然从辽兵背后勇猛杀出。辽兵不知杨业到底有多少兵马，更害怕雁门关再有伏兵夹击，故刚一交战就慌忙后撤。激战中，辽国驸马萧多罗被乱兵杀死，辽国将军李重海被当场活捉，辽兵一败涂地。

雁门关一战，杨业保证了宋朝江山6年太平无事。到了986年，宋太宗收复幽云十六州战略计划被重新提上议事日程。在这次军事行动中，宋太宗要亲任统帅，指挥全局，并兵分东、中、西三路向辽军大举进攻。杨业和他的顶头上司潘美负责西路军，战略意图就是兵出雁门关收复关北广大地区。三路大军进展顺利，特别是杨业和他的儿子，人称"杨六郎"的杨延昭，领兵出关不久就收复云州、应州、寰州和朔州等地，使辽兵闻风丧胆，望风而逃。然而，东路军总指挥、大将军曹彬却贪功冒进，提前展开涿州战役，致使后方粮草一时接济不上而慌忙撤兵。辽军追击到雄州时把曹彬打得大败，曹彬如丧家之犬连夜领兵准备抢渡拒马河，不料又遭辽兵袭击，致使兵马损失多半。

宋太宗闻知东路军惨败的消息，知道辽兵已经占有了战役主动权，就命令潘美和杨业等放弃收复的四州地区，兵退代州和雁门关，准备在此阻击辽兵。不料，在宋兵撤退过程中，潘美没有执行原定撤退方案，率先领兵退逃，导致杨业和他的儿子以及手下将士全部牺牲。在那场诱敌不成反遭敌包围的激战中，杨业和将士们人人表现出大无畏的英勇气概，特别是老将军杨业在全军覆没被俘后，不惧威逼利诱，绝食三天壮烈而死。

在老令公杨业牺牲后，英雄辈出的"杨家将"前赴后继，传说还组织了"杨门女将"对辽兵进行英勇抗击。"杨家将"在给世人留下无数传奇故事的同

杨忠武祠

杨忠武祠即杨家祠堂，位于山西县鹿蹄涧村，是为纪念宋代爱国将领杨业父子而修。始建于清道光十六年（1836年），由大门、戏台、过厅、廊房、正厅组成。

时，也留下了许多供后人传说的历史遗迹，特别是在今天北京与河北境内的长城沿线，更是有诸如"杨六郎拴马桩""穆桂英点将台"等，都已成为人们耳熟能详的历史典故。

◎ 铁木真两破居庸关

居庸关的战略地位不用多说，发生在居庸关的大小战争也无以计数，如果将有关战例汇编成一本战史教案，恐怕犹不足以书其万一。在这里，只想把成吉思汗两破居庸关的历史进行回顾，不是推崇一代天骄的雄才大略，而是那铁血生活实在是尚武人所向往的。在此，就让我们一同走进那段金戈铁马的岁月，去领略一番冷兵器时代的英雄尚武吧。

被毛泽东称作"一代天骄"的成吉思汗，在《中国通史》上是这样介绍的：

蒙古开国地进犯君主，著名军事统帅。名铁木真，姓勃儿只斤，乞颜氏，蒙古人。元代追上庙号太祖。

单从这段文字来看，似乎没有什么特别之处，如果放在历史长河中去认识那就值得大书特书了。首先指出的是开国地进犯君主，表明铁木真属于蒙古帝国的开创者，而且习惯于开疆拓土侵犯别人，不过他没有当过皇帝，他的庙号是后人追尊的，也就是说成吉思汗打天下而没能享受天下。另外，从史料的背后我们还可以得知，铁木真这个名字最先冠名权并非是他，而是他父亲在一次战争中擒获的俘虏的名字，当时恰逢成吉思汗出生，父亲为了纪念

成吉思汗雕像

此雕像矗立在内蒙古伊金霍洛旗成吉思汗陵。该陵是成吉思汗的衣冠冢。由于当时蒙古族实行秘葬，真正的成吉思汗墓始终是个谜。

这个胜利的日子，就用俘虏的名字铁木真为儿子命名，没想到儿子长大成人后果真战无不胜所向披靡，开创了世界历史上疆域最广阔的统一帝国的伟业。

成吉思汗少年时历经艰险磨难，在父亲被杀后随母亲和几个弟弟过着颠沛流离的凄苦生活，成人后又周旋于蒙古各部落的相互征战杀伐之中，有时胜有时败，甚至有一次连自己的妻子也被对方掳走。然而，就是在这样的环境中，成吉思汗磨炼成坚韧不拔的尚武性格，统率一支狂飙似的骑兵部队横扫欧亚大陆，创建分封四个独立的汗国，以纵横捭阖的手段征服了广阔地界，给后人留下了一个个难解的谜团。成吉思汗生前行事诡秘莫测，就连他死后的埋葬地点和方式也都成为世人渴望揭开的悬世之谜。对于这样一位勇武、嗜战而又神秘莫测的一代枭雄，是无法用区区几千字来书其万一的，何况关于他和他创建蒙古帝国的史料留存又是那样鲜少难觅呢。因此，还是回到这节文章的主题上来。

成吉思汗在蒙古积蓄力量正待崛起时，中原地界也正狼烟四起。南宋宁宗皇帝赵扩所领导的政权屡屡遭受"大金"完颜璟军队的欺凌，当时两家的战场已经摆到江淮一线，彼此为了完成各自的帝业而浴血奋战。就是在这所谓正统王朝与边疆金兵苦战的当口，一代枭雄成吉思汗在漠北荒野聚集了一支强悍的骑兵力量，多次跃马长城，试探中原地界的军事反应，在确认可以纵马驰骋的时候，成吉思汗便开始兵进长城上的要塞居庸关，准备在富饶中原大展宏图了。

1211年春节临近，成吉思汗统率大军由克鲁伦河出发，一路大举南下伐金，首战告捷在野狐岭（今河北万全县西北）后，又在今天河北怀安县东北等地连续大败金兵。到了金秋九月，成吉思汗大军进占德兴府，兵锋直指长城重隘居庸关。居庸关的金兵守将千家奴和胡沙汉闻风丧胆，连蒙古军队模样还未见到就放弃关城，连夜慌忙南逃。居庸关失守，金国首都中都（今北京）就完全裸露在蒙古大军的攻击之下，没有丝毫可以防御的工事可用了，不得已全城

1211年夏秋季蒙军进攻形势

实行戒严。然而，就在金国君臣百姓如待宰羔羊一样战战兢兢之际，成吉思汗却没有进占中都，而是在中都北郊住了些日子后，把大金国在京郊放养的数千头马匹全部驱赶着出关而去。

有惊无险的金国君臣，在成吉思汗领兵退走之后并没有吸取教训，虽然派有重兵把守居庸关，但两位将领素有恩怨，当蒙古大军两年后再次兵临居庸关时，彼此为争功而相互掣肘，并力图削弱对方，保存自己，结果在缙山（今北京延庆）面对成吉思汗的进攻都遭到惨败。而留守居庸关的将领胡沙虎久怀野心，见前方军队遭到惨败却不去支援，反而趁机紧闭居庸关城拒绝败退的金兵入关以求自保。成吉思汗见状，只留下少量元军驻扎居庸关外牵制敌军，自己则率领大军挥师南下，一举攻占长

城又一要塞紫荆关，并相继攻克京师南面屏障涿、易二州，致使中都又完全暴露在蒙古军队的铁蹄之下。

面对势不可当的蒙古大军，金国君臣慌乱无措。此时，据守在居庸关的将领胡沙虎留下少量军队驻扎居庸关，自己领兵回到中都搞起了政变，废除金主完颜永济为卫绍王，另立新主完颜珣为宣宗。而留守居庸关的守将、契丹人讹鲁不儿不仅没有恪尽职守，反而打开北口（今八达岭）城门向蒙古军迎降。居庸关失守，蒙古军队南北对进，长驱直入，金国都城中都已成虎口之羊。

然而，成吉思汗像上次一样并不派兵进占中都，而是在中都北郊的大口（今海淀区清河附近）悠闲地驻扎下来，虽然手下将领们一再要求攻占中都，他都执意不从。半年后，成吉思汗派人入城向金主完颜珣传话说，你的许多地盘已经被我占领，现在你只能孤守在中都城里，根本不能对我怎么样，过几天我和我的大军就要撤回北方了，你准备拿什么东西犒劳我的全军将士呢？完颜珣接到成吉思汗的传话，急忙派遣使者赶到清河成吉思汗的行帐，并送去3000匹战马、500名童男童女，同时还把原金国皇帝、当时卫绍王的女儿岐国公主也送给了成吉思汗。在派遣使者之前，完颜珣还交代特使、丞相完颜福兴说，一定要把成吉思汗和他的军队护送出居庸关外。我们不知道他所说的护送到底是何含义，连自己的政权和小命都朝不保夕还谈什么护送，真是滑稽透顶。

有了成吉思汗两破居庸关的欺凌，金宣宗完颜珣感到自己政权中心在北方实在难以防守，于是在成吉思汗兵回塞外后不久，就迅速把都城从中都迁到了中原腹地汴京（今河南开封）。从此，金国北部疆域便逐渐被成吉思汗所占有。不过，居庸关这处藏于三十里关沟之中的长城关口，在蒙古军队入主中都之后反而渐渐热闹起来，成了关内外行旅商客们穿梭往来的繁华地界。据史料记载，当时的居庸关不仅有驻军把守，戒备森严，还建有许多宫苑和店铺供帝王

和商旅们住宿，真可谓是商贾往来繁华似锦，丝毫看不出当年金戈铁马的征战迹象。

◎ 明英宗龙困土木堡

明英宗不仅谈不上什么英明，反而昏庸愚笨透顶。堂堂大明一代帝王不能主宰自己的臣民，反而被一个阉人糊弄得团团转，以至于草率出兵长城塞外，落得个龙困荒郊的结局。

明王朝是在败落的元朝基础上建立起来的。经过多年浴血奋战，昔日勇猛无敌的蒙古人被驱逐到

居庸关俯瞰

居庸关自古为兵家必争之地。关城所在的峡谷，两山夹峙，下有巨涧，悬崖峭壁，地形极为险要。

塞外漠北荒凉之地，重新过起了"逐水草而居"的游牧生活。不甘心失败的旧蒙古贵族，彼此之间却不能同仇敌忾，协力恢复当年辉煌，而是时聚时分，几十年间就分裂成许多个小部落。后来，居住在漠北中西部水草丰美的瓦剌部，凭着强盛实力吞并另一个同族小部落鞑靼，并在此基础上经过励精图治终于日渐强盛起来。

明英宗正统元年（1436年），脱脱不花被册立为可汗，阿拉被推举为知院（相当于宋朝的枢密院行政长官），而自恃攻打鞑靼有功的也先则自封为太师，称淮王。也先、阿拉和脱脱不花等自成一体，彼此割据一方，就连每年向明王朝朝贡也都是各自派遣使者。

针对这种情况，大明王朝统治者似乎有意利用这一矛盾对其进行分化瓦解，不仅默认他们彼此割据的现实，还分别予以优礼相待，使他们相互都对明王朝不存疑心。但是，向来以天朝大国自居的朱明王朝，在"非我族类，其心必异"的大汉族主义观念指导下，对长城内

明英宗正统皇帝像

明英宗朱祁镇（1427—1464年），正统元年至正统十四年（1436—1449年）和天顺元年至天顺八年（1457—1464年）两次在位。

外广大地区的少数民族制定了一些限制性政策，诸如商品交易方面几乎都在政府的严格控制之下，甚至还出现以次充好和强行买卖的现象，这就经常引起瓦剌首领们的强烈不满。

明正统十四年（1449年）七月，瓦剌部首领首次与各部落联盟，约定沿着长城一线分兵入侵中原。在攻击目标和路线上，他们采取齐头并进分别攻克的战略，终于先后攻克辽东、宣府和大同三个重镇。边塞急报传到北京，年已23岁的英宗皇帝朱祁镇却没有自己的主张，在司礼太监王振怂恿下决定御驾亲征。

皇帝御驾亲征，那可是一件震动朝野的大事，除非是边关军情紧急，否则是不必兴师动众的。而英宗皇帝当时得到的消息，几乎都是边关捷报，那么为什么要御驾亲征呢？据史料记载说，那完全是太监王振的虚荣心在作祟，他想皇帝御驾亲征时若能经过自己的家乡怀来，可以趁机在乡人面前显摆一下自己的威风，真不知一个被阉割的太监还有何可以炫耀的资本？而昏庸的英宗皇帝愣是听从太监的鬼话，竟然不顾朝中大臣的激烈反对，轻易发兵50万前往塞外边疆。皇帝亲征，少不了告祭祖先宗庙，举行声势浩大的祭旗誓师，然后才能出征。当时，随驾扈从的有英国公张辅、翰林学士曹鼐等公侯勋戚数十人，沿途还有护卫的数万名明军将士排列左右，那警跸烦琐的仪仗，那迎风招展的旌旗，那人呼马叫的场面，简直是热闹非凡。当然，似乎应该用雄壮威武来形容，但在后人看来那实在不是出征打仗，反而像出塞狩猎。也确实，在明朝史料的记述中这就被称为"英宗北狩"。

明军离京后，一路上就像是游山玩水，出了居庸关后经宣府、阳和（今山西阳高县境），于八月初一到达大同。不料，由于连日狂风暴雨，道路泥泞，再加后续粮草接济不上，全军将士人疲马乏，全无斗志。面对这种状况，英宗皇帝仍然受太监王振的蒙蔽，打算继续发兵北上。后来，常年驻守大同的太监郭敬，在探知前线明军屡战屡败的真实情况后，急忙把消息告诉

王振像

此图来自北京智化寺碑拓。王振（？—1449年），蔚州（今河北蔚县）人，与明宪宗时的汪直、明武宗时的刘瑾、明熹宗时的魏忠贤并称为"明朝四大宦官"。

了皇上。英宗皇帝一听就惊慌失措，急忙要求回师北京，当时正逢大同处在倾盆大雨之下，众人勉强住了两天后就颁诏中外，准备"旋师北京"。然而，情况比太监郭敬探知的还要糟糕，瓦剌也先的骑兵部队已经围追堵截过来。一路上，双方经过数次战斗，明军都只有招架之功，在宣府鹞儿岭的一场激战中恭顺侯吴克忠和都督吴克勤双双战死，就连成国公朱勇率军前往营救也落得个全军覆没。

狼狈的大明军队在溃逃途中，却被太监王振领着来到了他的家乡怀来县，在城西面12.5千米处一个叫土木堡的地方被瓦剌部骑兵部队围困。人渴马乏，军无斗志，汲水的通道又被瓦剌军队所控制，明军掘地两丈仍不见一滴水，军心大为动摇。勉强支撑到第二天，也就是中华民族的中秋佳节时，狡诈的瓦剌军派人来到明军驻地求和，并佯装准备撤退兵马。饥渴难耐的明军见状，连忙移阵趋就水源，一时间人马混乱，军伍不整，瓦剌骑兵趁机掩杀过来，明军死伤不计其数，可怜那些朝中文官大臣们纷纷死于乱军之中，诸如英国公张辅、大学士曹鼐、兵部尚书邝野和王佐等50余人无一幸免。当然，司礼太监王振也被激怒的明军乱刀砍成肉泥。傻眼的英宗皇帝见突围无望，就干脆下马坐在地上听凭命运的摆布。于是，瓦剌骑兵一拥而上，英宗皇帝便当了俘虏，当时身边只有锦衣卫校卫袁彬和太监喜宁二人，其凄楚之状不忍目睹。

"土木堡之变"英宗被俘，大明王朝上下一片惊慌。国不可一日无君，最后在皇太后授意下由英宗的异母弟、郕王朱祁钰监国，不久又当了皇帝，这就是明朝的景宗皇帝。景宗皇帝即位后，鉴于当时明朝北方边陲屡遭侵扰，朝中就有人提出迁都南京，而兵部尚书于谦却极力主张保卫北京，并要求征调全国各路兵马北上"勤王"。其实，瓦剌当时与明朝并无大的冲突，也先虽然挟持着大明皇帝也无杀害之意，后来见明朝又有了一个皇帝，便主动提出要把英宗送回北京以求通好。但是，郕王朱祁钰既然即位当了皇帝，就不想让哥哥英宗

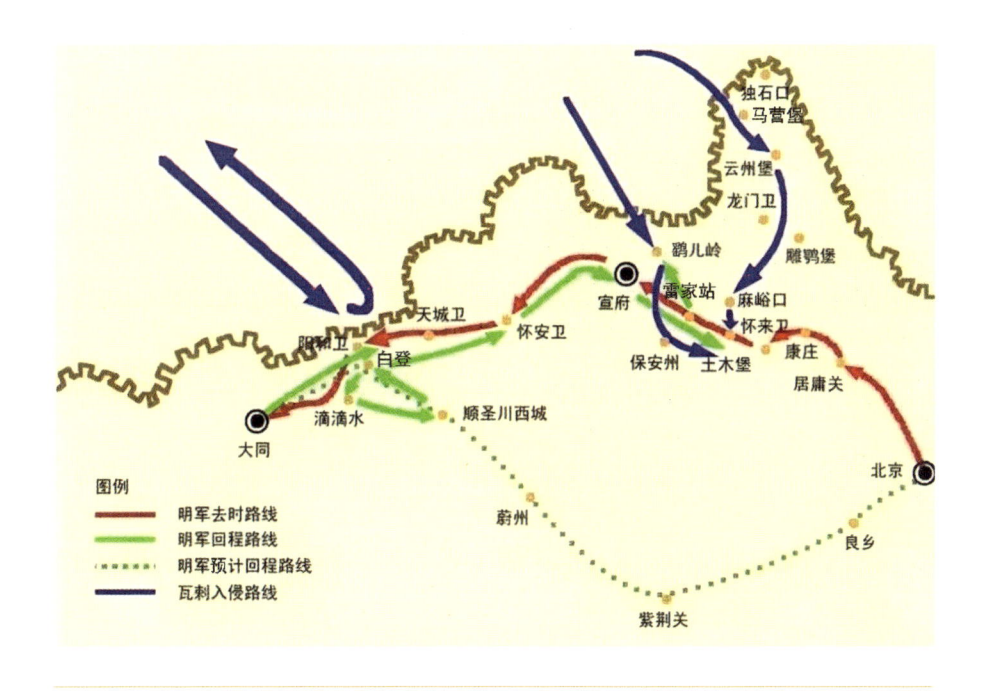

土木堡之变经过示意图

也先像

绰罗斯·也先（1407—1454年）瓦剌首领马哈木之孙、脱欢之子。正统四年（1439年）嗣位，自称太师淮王，兼并蒙古诸部，与明廷相抗争。景泰四年（1453年）夏秋间自立为汗，建年号添元（天元）。

皇帝回来，于是以瓦剌首领险诈为辞拒不接纳。有一次，瓦剌首领也先亲自送英宗皇帝过紫荆关，经涿、易二州一直到达北京德胜门外，并在土城一带驻扎多天等待明朝接回英宗。可是，明朝仍以借口不去迎接，也先只得带着英宗皇帝又从居庸关退回塞外。也先一心要把英宗皇帝送回北京，而景宗皇帝朱祁钰一再加以拒绝，后来英宗皇帝表示回京后不再复位称帝，终于在朝中大臣的再三奏请下英宗才得以回京。

在迎接英宗皇帝回京的仪式上，朝中大臣有建议用卤簿仪仗迎回以示崇敬的，但景宗皇帝一再降低迎奉规格，最后只派大学士商辂一个人前往迎接。英宗皇帝被也先送到居庸关时，商辂带着两匹马一乘轿等候在关口，那情景就连瓦剌首领也先见了也颇生感慨。当然，等到英宗皇帝在北京东华门见到兄弟景宗皇帝时，那场面更是意味深长，兄弟相见，稍事寒暄后英宗就直接被送往南宫居住，虽然被尊称为太上皇，但他与囚徒已经别无两样了。屈指算来，从英宗皇帝头年八月御驾亲征的耀武扬威到凄惨零落回到北京恰好是一年时间，但两相对照已是荣辱变迁，无从比较了。

◎ "李闯王"成败山海关

1644年仲春时节，三方数十万军队在山海关展开了一场关系到王朝更替的生死决战。本来可以稳操胜券的大顺军却一败涂地，威名显赫的闯王李自成也被迫撤出京城，拱手把建立新政权的权力交给了满族人。于是，中国历史上最后的封建王朝叫清，而农民军刚刚建立起来的大顺政权便不复存在了。

单从军事上讲，闯王李自成对山海关的特别关注还是很有战略眼光的。虽然他成也山海关，败也山海关，但那实在是吴三桂重女色轻信义的结果。历史的更改有时仅是一种偶然因素造成的。崇祯十七年（1644年）正月，闯王李自成经过多年的浴血奋战，终于在西安建立大顺政权，自称新顺王，并改纪元为永昌。既然能够与大明王朝并存于天下，李自成也就毫不客气地给明朝崇祯皇帝朱由检传去檄文声明说，大顺军队将于两个月后攻下北京城。随后，李自成迅速率领大军渡过黄河开始东征，兵分南北两路，矛头直指北京。两路大军似摧枯拉朽般地沿途夺关斩将，明朝官兵则闻风丧胆，许多城池的明朝守将不战而降，大顺军正如李自成预言的那样在两个月后果真会师于京城脚下。面对大顺军兵临城下，大明末代皇帝崇祯先是渴望与李自成谈判，被李自成断然拒绝后，仅两天时间首都就被攻克，崇祯皇帝朱由检不得不悲壮地在今天景山的一棵歪脖子树上上吊自杀了。

明王朝灭亡了，李自成开始把目光转向战略要点山海关，以及山海关之外的又一支劲敌，那就是崛起在白山黑水之间的满清八旗兵。早在大顺军进军北京城之前，虎视眈眈的清军就一直雄踞于关东，并多次对明王朝进行进攻，还先后夺取了明朝的中后所、前卫屯、中前所等三处要地，兵锋日益迫近山海关。后来，清摄政王多尔衮在未曾料到李自成如此迅速攻占北京的情况下，就改变战略方针，先是以清帝名义主动致书问候李自成，并在信中提出愿意与大顺军同谋协力，共同夺取中原，然后平分大明天下。李自成心里自然明白清廷

李自成雕像

此雕像矗立在北京市昌平区京藏高速西关环岛。

的战略意图，根本未予理睬。多尔衮恼羞成怒，决定把大顺军当作争夺天下的主要敌人来对付，然后兵进山海关准备与大顺军展开决战。

当然，多尔衮也非鲁莽意气之徒，他明白争夺山海关的重要性，但更明白争取山海关明朝守将吴三桂的支持尤为关键。但是，吴三桂是大明王朝的封疆大吏，不会轻易降服于被他们称为蛮夷的八旗清军，反而正积极与大顺军进行和谈，有迹象表明还可能是倒戈称臣。然而，仅仅因为一个女人却使吴三桂的态度来了个180度大转弯。当年，明朝辽东总兵吴三桂率亲兵40000人马驻守在宁远（今辽宁兴城），意在扼守清军入关之咽喉。后来，当李自成率领大顺军逼向北京时，吴三桂又奉命率师准备进京勤王，部队行进到河北丰润时，获得消息说大顺军已经攻破北京城，大明崇祯皇帝也吊死在煤山之上，于是吴三桂急忙率部返回山海关，以观大顺军的动向。

闯王李自成十分清楚占据山海关和争取吴三桂归降的重要性，旋即派遣降将唐通携带大批金银和彩绸等礼物前往山海关招降，同时还劝说吴三桂的父亲吴襄写了封亲笔信，希望吴三桂从父命归顺李自成。精明的吴三桂经过反复思量权衡，感到归顺李自成比投降清朝从心理上要容易接受，另外他全家老小几十口人的性命也都在大顺军掌握之中。于是，吴三桂决定立即入京拜见闯王李自成。不料，当吴三桂领兵行至滦州时遇见从北京逃出的一名家人，得知其父吴襄在京城遭受大顺军的严刑拷问，就连自己最宠爱的小妾陈圆圆也被李自成的爱将刘宗敏掠走。闻听这一消息，吴三桂怒不可遏，大叫说："大丈夫不能保一女子，何面目见人耶？"随即下定决心，不惜用部下40000将士性命，要与大顺军决死一战。

多尔衮像

爱新觉罗·多尔衮（1612—1650年），清太祖努尔哈赤第十四子，皇太极之弟，清初杰出的军事家、政治家。崇德元年（1636年）因战功封和硕睿亲王。皇太极去世后和济尔哈朗以辅政王身份辅佐皇太极第九子福临即位。

吴三桂像

> 吴三桂（1612—1678年），今辽宁绥中县人，明锦州总兵吴襄之子，辽东前锋总兵祖大寿外甥。明朝末年将领，清朝初期藩王。

吴三桂迅速领兵返回山海关后，立即布兵设防，专等李自成前来决战。李自成得知情况后，也立即亲率大军约10万人，并带着吴三桂的父亲吴襄，星夜向山海关进发。吴三桂自料不是大顺军的对手，就急忙派人向多尔衮乞师求救，并许诺在击垮大顺军后一定割地相酬。面对吴三桂突然转变态度，多尔衮一时闹不明白是怎么一回事儿，就派人火速到山海关探听消息。当弄清事情原委后，多尔衮仰天长笑，感到夺取天下的良机就在眼前，于是给吴三桂回信说只有降清才能出兵，但同时在信中许诺事成之后可以封他为藩王。吴三桂为了女人不惜背着万世骂名，竟然真的投向清军的怀抱，于是多尔衮率领8万铁骑劲旅疾驰山海关。对此，闯王李自成并不清楚，所以一场猝然展开的惨烈厮杀也就不可避免了。

战略要地、双方争夺的焦点山海关，是一处以关城为中心据点，北接长城，南临大海，四面有东西罗城和南北两个翼城的坚固防御体系。在关城西侧有一条石河，河的西岸地势开阔，是山海关之战的主战场。李自成兵进山海关后并没有马上进攻吴三桂，而是一面派人劝降，一面命令部将唐通率一部兵力绕过山海关，在其北面10千米处的九门口准备从侧背对吴三桂实施夹击。同时，李自成在劝降吴三桂遭到拒绝后便开始从正面展开攻城。战斗从凌晨打响，负责攻打西罗城的大顺军首先与吴三桂的辽东兵及乡勇展开激战。战场就设在河西的那片开阔地，双方激战至中午时吴军西北角阵营发生了动摇，大顺军数千骑兵乘势迅速冲破对方防线，直逼西罗城下，并准备攻城。狡诈的吴三桂见形势不妙，又急忙派代表假意表示投降，暗地里则积极备战，当大顺军攻城将领准备进城受降时，却突遭城上吴军的猛烈炮击。大顺军伤亡惨重，吴三桂趁机派出骑兵从侧面进行突袭，把这一路大顺军打得败退而逃。

与西罗城同时展开攻击的，还有北翼城外的大顺军重兵，双方展开极为激烈的战斗。战斗延续到第二天清晨时，城上守军已经死伤近半，许多大顺军将士便乘势攀城而上，迫使城上一部分守军投降。就在大顺军胜利在望时，吴三桂击退西罗城的进攻后率援军及时赶到北翼城，又经一番苦战总算保住了关城。

就在山海关激战正酣时，被李自成派往九门口的唐通部队也与清军的前锋遭遇了。清军以锐不可当的气势，用绝对优势的铁骑击败唐通，并一直将他赶回了关内，致使李自成从关内外夹击山海关的愿望落空。随后，多尔衮领兵驻扎山海关外欢喜岭的威武台附近，第二天清晨吴三桂就率数百名亲兵冒险冲出城，来到威武台清兵驻地拜见多尔衮，并剃发称臣归顺了清军。吴三桂得到多尔衮的支持后，立即开城请领满清八旗兵从南水门、北水门和关中门进入关内，完全占据了山海关这一战略要点。

这时，闯王李自成见自己内外夹击的企图破灭，就改令全军在石河以西摆开一字长蛇阵，等待与吴军决战。两军对阵之后，李自成发现了多尔衮的八旗兵，可他对此似乎没有给予足够重视。这一点，从李自成在这场战斗中所采

山海关关城

　　山海关，又称榆关、渝关、临闾关，是明长城的东北关隘之一，在1990年以前被认为是明长城东端起点，素有"天下第一关"之称。

取的战术上不难看出。决战在即，吴三桂自恃有多尔衮的清军坐镇，又急于向多尔衮表示忠心，就首先挥师发起进攻。李自成当时似乎不太明白清军的意图，一开始就以主力迎战吴军，经双方步骑兵的反复冲杀，吴军终于陷入大顺军的包围之中。吴三桂指挥部下左冲右突，包围圈几次被冲开又数度合围。战至中午，李自成为尽早歼灭吴军，将机动兵力全部投入战斗，正当大顺军胜利在望时，一直在旁边观战的多尔衮命令手下两员大将阿济格和多铎率领两万骑兵直冲大顺军阵营。经过大半天厮杀已经人困马乏的大顺军，猝遇清军从侧翼发起猛烈攻击，不及防备，便渐渐乱了阵脚。多尔衮见势指挥清军全面出击，吴三桂也趁机反扑，把大顺军来了个内外夹击，于是大顺军开始溃败。多尔衮率领清军趁势追杀20余千米，大顺军伤亡惨重，闯王李自成仅率数千骑兵且战且退。在败退至永平时，李自成恼怒地杀死了吴三桂的父亲，回到京城后又杀其全家30余人以泄愤恨。

然而，山海关之战的失利，并没有因为杀了吴三桂的全家而挽回。闯王李自成为了保存实力，不得不兵分两路撤出京城奔往山西而去，随后又连遭惨败，直至功亏一篑，葬送了已经建立起来的大顺政权。历史不以人的意志为转移，但有时比人的设计还要精彩。

山海关之战示意图

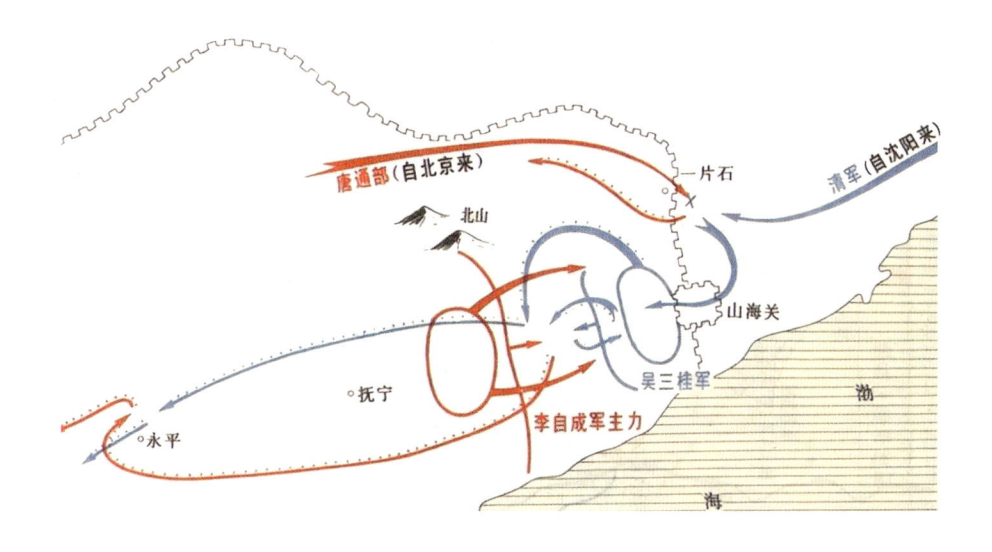

◎ 硝烟弥漫娘子关

人们都知道在抗日战争中，中国共产党所领导的人民军队是中流砥柱。但在正面战场上的对日作战，又不能不写到中国国民党一些爱国将领和他们的军队。虽然战争有些残酷和血腥，但那毕竟是一种真实。血战娘子关，就是让人们记住那些真实的历史片段，当然那也是一场惨烈的战争活剧。不过，这场战争活剧的主演并非是什么爱国将领，而是盘踞山西多年被人们称作"土皇帝"的阎锡山，也有人叫他"山西王"。不管是"土皇帝"也好，还是"山西王"也罢，半个世纪前在其管辖内的娘子关前发生的那场血战，就不能不提到他阎锡山。

娘子关，是扼守太原通往华北的咽喉要道，历来就是兵家必争之地。1937年10月，疯狂的日军在相继攻占北平和天津后，很快就把目标指向了华北的其他地区。而国民党守军采取不抵抗政策，主动放弃石家庄等战略要地，致使山西东部也成了不

阎锡山

阎锡山（1883—1960年），字百川、伯川，山西五台河边村（现属定襄县）人，民国时期重要政治、军事人物，晋系军阀首领。中华民国陆军一级上将。

设防地域。于是，日军第5师团趁机向晋东忻口地区展开攻击，不料遭到国民党第2战区守军顽强抗击而死伤惨重。第5师团作战失利，导致日军的全面进攻迟缓下来，这使日本华北方面军司令官寺内寿一大将恼羞成怒，他遂即增派第20师团和第108、第109师团各一部迅速渡过滹沱河，沿着郑太线向太原方向实施增援。

从华北方向攻击太原，就势必要经过长城线上的重要关塞娘子关，鉴于当时战争态势，"山西王"阎锡山同样不会忽视娘子关的防守。因为娘子关一失，山西省会太原肯定不保，太原不保，则华北将全盘皆输，故在娘子关的一场血战也就在所难免了。

当时，在山西境内作战的国民党主力军队是第2战区的部队，而他们主要作战方向是晋东忻州地区，一时还顾及不到山西腹地太原。于是，阎锡山只好向蒋介石要求紧急救援。长期以来，一直想染指山西而因阎锡山不合作未能如愿的蒋介石见状，立即命令第1战区第14集团军和第3军迅速入晋，并沿着郑太线的井陉到娘子关一线布兵设防，要求务必扼守住晋东地区，并指定第2战区副司令长官黄绍竑统一指挥山西境内的所有军队。

对于国民党军队的这一行动，日军也不敢掉以轻心。1937年10月11日，日军也迅速开进到井陉以东地区，并于第二天趁国民党守军立足未稳之际，就出动2000余人向井陉及其以北的贾庄发起了进攻。同时，另一部日军约900余人也开始向国民党守军第17师的阵地实施正面进攻。双方激战至傍晚时分，日军相继攻占长生口、大小龙窝和井陉等地，并把攻击方向直指长城线上的又一重关——旧关。旧关和娘子关是唇亡齿寒的关系，如果旧关丢失，娘子关同样就无险可守了。

于是，赖山西以生存的阎锡山急令原定增援晋北的第1军团孙连仲部回援娘子关。而这时，日军一部已经抵达娘子关附近的核桃园，而另一部日军1000余人也向旧关发起猛烈攻击。当时，驻守在旧关的国民党守军仅有第14

娘子关关城

娘子关位于山西阳泉市平定县东北的绵山山麓，最早为唐太宗李世民胞姐平阳公主曾率娘子军在此设防，故名娘子关，为万里长城著名关隘，有"天下第九关"之称，为历代兵家必争之地。

集团军的1个营兵力，双方兵力如此悬殊，旧关失守也就成了定局。旧关危急，娘子关也险象环生，因为在正面阵地作战的国民党第17师除了要坚守娘子关以东要点雪花山外，还要派出一部兵力向长生口方向反击，企图收复刘家沟和长生口等地，以便迟滞日军向娘子关的进攻。然而，就在这一路国民党军先后收复失地时，驻守在雪花山正面阵地上的守军却以为日军在刘家沟和长生口打了败仗不敢轻举妄动，竟疏忽大意地放松警惕，反而遭到日军的反击重新丢失了雪花山主阵地。

面对优势又迅速转为劣势，阎锡山组织国民党第17师主力部队妄图反击，而在遭受重大伤亡后被迫退守乏驴岭。第二天，第1军团孙连仲部到达娘子关附近后，立即向旧关方向发起猛烈反击，另一部也向旧关发起进攻，歼灭日军400余人。与此同时，阎锡山命令第129师主力赶赴阳泉，配合娘子关地区部队作战。15日，阎锡山又命令孙连仲统一指挥娘子关方向的作战，并要求第二天全歼旧关附近日军。当晚，孙连仲命令第3军和第27师组成敢死队，向旧关至关沟的1500余名日军发起突然的勇猛冲杀。孙连仲打得兴起，果断决定在拂晓时发起全线攻击，双方经过十多个小时激战，关沟里的日军被全部歼灭，而旧关地区的日军虽被包围，却利用有利地形进行着顽抗。激战一天后，处于劣

日军进攻娘子关

1937年10月22日，进攻山西娘子关的日军奥山部队。

势的日军反而越战越勇，不断发起反攻，国民党防守的旧关西南高地被突破，前往增援的部队也伤亡惨重。第二天，国民党守军也不甘示弱，继续组织部队发起进攻，双方经过多次近战肉搏，彼此伤亡惨重。

娘子关激战的同时，日军第20师团决定兵分两路"攻占阳泉平定"。右路日军沿井陉、新关、石门口大道及其以北地区攻击前进，左路日军沿测鱼镇、石门口大道迂回到娘子关国民党守军的侧后。而此时，增援晋东的国民党第129师已经到达阳泉，并在马山村和七亘村一带构筑工事，以掩护娘子关守军侧后安全。两天后，从正面进攻娘子关的日军得到增援后，在地空火力支援下发起猛烈攻击。当时，固守娘子关的国民党守军已经苦战了8个昼夜，兵力仅有6000余人，虽经奋力苦战，其阵地仍多处被突破后又堵上，双方争战呈现胶着状态。正面进攻娘子关受挫，日军左路部队却进展迅猛，不日便到达固驿镇附近，对娘子关形成夹击态势。兵力薄弱的孙连仲

孙连仲

孙连仲（1893—1990年8月14日），字仿鲁，今河北雄县人。国民革命军陆军二级上将。抗战时期参加了娘子关、台儿庄等战役。抗战胜利后，负责主持平津地区日军投降事宜。

部，为了防止退路被切断，决定以一部兵力监守娘子关，其主力则转移而去，终于使娘子关失守。

娘子关丢失后，国民党总裁蒋介石和"山西王"阎锡山都十分紧张，虽多次增兵以求夺回娘子关等重要关隘，但都惨遭失败。于是，太原保卫战随即展开。如今，太原失守已经成为历史，而娘子关血战同样被载入史册。

日军占领娘子关

1937年11月5日，被日军占领的山西娘子关。

◎ 平型关上传捷报

万里长城线上值得书写的名关险隘很多，平型关虽然不能与山海关或居庸关等相比。不过，历史给了平型关一个机会，使它能够跻身于名关之列。这个机会来自1937年9月25日中日双方军队在此展开的一场血战，那就是中国军史上的"平型关大捷"。

平型关大捷，用军事术语来评价是一场漂亮的伏击战。1937年卢沟桥事变后，日军侵华战争全面打响。早有预谋的日军以迅雷不及掩耳的凌厉攻势，仅仅一个月的时间就先后侵占北平和天津，然后沿着已在掌握之中的平汉、平绥和津浦三条铁路线长驱直入，企图围歼驻守在华北的中国军队。9月中旬，一路沿平绥铁路西进的日军，疯狂突破国民党军的一系列防线攻占山西大同，而后又以华北主力日军继续向南推进，猛烈攻击长城线上的一处要塞——雁门关。而日军第5师团在进占阳原、蔚县、广灵和涞源等地后，也企图突破内长城上的要隘平型关，以便协同沿着同浦铁路南进的关东军察哈尔派遣兵团，共同打击国民党军第2战区的主力部队，从而实施其右翼迂回战略，配合华北方面军主力歼灭平汉铁路沿线的国民党第1战区主力。这是日军的一贯战略战术，充分表露出他们企望速战速决的侵略意图。

面对日军的战略意图，国民党军第2战区果断调整兵力部署，以两个集团军的兵力防守平型关、茹越口和雁门

平型关关口

平型关位于山西省忻州市繁峙县的平型岭脚下，是明代内长城沿线上的重要关口，形势非常险要。

八路军第115师在平型关公路两侧伏击日军

关一线,希望凭借长城一线山地有利地形阻挡日军进攻。

为了配合国民党军作战,中共最高领导层决定实施东征,并由林彪率领的八路军第115师迅速渡过黄河,从八路军改编地陕西省三原地区进入山西东北地区。林彪和他的部队迅速到达平型关东南的上寨和下关地区集结后,亲自勘察地形,部署兵力,待机歼敌。他发现平型关从山口到灵丘县东河南镇是一条由西南向东北延伸的狭窄谷道,其间从关沟到东河南镇约长13千米的地段沟深路窄,地势非常险要,两侧高地便于部队隐蔽和发挥火力,是打伏击战的绝好地形。剖析林彪指挥的每次战斗,可以得知他从不打无把握之仗,而上天似乎也

十分垂青于他,每次战斗他都能胜利而归。面对这样的有利地形,林彪感到上天又一次给了他机会,于是他决定在此设伏,彻底歼灭进犯平型关的日军。于是,林彪立即在平型关上寨地区召开作战会议,命令独立团和骑兵营向灵丘、涞源方向活动,担任扰乱日军后方和牵制日军的打击增援任务,以保障八路军主力部队侧翼安全,而林彪亲率主力连夜开进平型关的设伏地带。

一切部署停当,日军1000余人的行军纵队,沿着灵丘至平型关的公路大摇大摆地向前开进。日军之所以如此骄狂,是由于沿途并没有受到国民党军的有力阻击,故嚣张气焰中外加着非常的跋扈,行军纵队连最起码的警戒都不设。当日军行进到狭长的关沟时,由于前一天下雨导致道路泥泞,人马拥挤堵塞,行动十分缓慢。望着日军这样一支军队进入设伏圈后,林彪暗暗高兴,果断地命令部队全线开火,把日军压缩在一条仅有2500米长的山谷之中。突遭打击的日军,虽然有优良的重型武器装备,但在那狭小泥泞的关沟中完全失去威力,只有混乱挨打的份了。林彪指挥部队以密集火力给日军以大量杀伤的同时,还趁日军混乱之际果断发起冲击。昔日骄狂的日军,哪曾见过如此勇猛的军队,一个个龟缩在汽车或马车底下叽里呱啦地乱叫成一团。

日军遭到突然打击后,虽然伤亡惨重,但一部分日军仍然利用车辆辎重作为掩护,凭借着优势火力进行着顽抗,还有一部日军企图抢占公路两侧高地掩护其他日军突围。林彪早已看清日军动机,于是派一部兵力迅速冲过公路,抢先占领老爷庙及其以北一线高地,与公路东侧部队对日军构成两面夹击之势。无路可逃的日军,简直被打红了眼,开始疯狂地向两侧高地发动反扑,但都遭到八路军官兵顽强阻击。闻知日军一部在平型关遭到八路军伏击,日军第5师团师团长板垣征四郎急忙命令其在蔚县和涞源的部队迅速向平型关增援,没想到早被林彪安排的独立团和骑兵营死死地挡在了灵丘以北和以东地区,只得丢下300余尸首狼狈而逃。平型关一战,据军史记载说歼灭日军精锐第5师团第21旅团1000余人,缴获步枪1000余支、机枪20余挺,击毁汽车100余辆和马

车200余辆，大大打击了日军的嚣张气焰。

80多年过去了，今天得以在昔日战场上寻访当年战争的经典，不知应当以一种怎样的心情才好。不过，当地百姓应该不会忘记，如果没有史称"平型关大捷"的那场伏击战，也许平型关至今还不为世人所熟知呢。

平型关大捷中的八路军阵地

平型关大捷有力配合了第二战区正面战场的防御作战，迟滞了日军的战略进攻，打乱了敌人沿平绥铁路右翼迂回华北的计划。

雄关险隘竞风流

没有一处旅游地能够像长城一样拥有如此众多的景观，就连一段废弃的残垣断壁，或是其中一块青砖断瓦也能使人怀古幽思一番，这实在是一件无与伦比的事。而如果把长城万里沿线上所有的奇观胜迹都一一介绍清楚，那至少要写一本百万字的巨作，犹不显得厚重。如此，只好选取那些名气炙人的雄奇关城大略数点一番，虽然它们在数千年历史长河中也曾是"一言难尽"，但是一言难尽犹须言，否则何以警醒世人呢？

◎ 山海关

"两京锁钥无双地，万里长城第一关"，这是诗人对山海关的赞美。作为明代万里长城东段一座重要关城，山海关是一处兵家必争之地。然而，这处名赫地显关城上那"天下第一关"的匾额，却相传为明朝奸相严嵩之手笔，这实在是世人不愿接受的。于是有人专门对其进行考证，又有了是成化年间进士、本地人萧显墨迹的说法。幸好这种说法被证实了，否则世人心中肯定永远不是滋味。不过，现在关城楼下所藏的是原匾，楼上所藏是光绪八年的摹刻，而楼外悬挂的则又是1929年摹刻的。据说，抗战时日本侵略军曾企图将原匾盗走，因当地群众设法将匾额藏于西大街文庙大成殿内，才得以保存下来。

从空中鸟瞰山海关全貌，其关城呈四方形，护城河绕城一周，恰似一条银色丝带缠在龙头之上，别有一番韵味。关城有东、西、南、北四个关门：

山海关东门楼内之早期"天下第一关"匾额

东门叫镇东，也就是悬挂有"天下第一关"匾额的那座关门，西门叫迎恩，南门叫望洋，北门叫威远。

山海关关城并非一处孤立建筑，而是与关内外的长城、墩堡、关隘等设施共同构成了一个完整的防御工程体系。在关城东西两头又各筑有东、西罗城，作为前卫。万里长城自关城东门城楼向两侧伸展，南面伸入大海，北侧自上燕山。在南北两边长城的内侧，距关城不远处建有南北翼城各一座，可供屯兵之用，南北拱卫，甚是稳固。关城东门外还有许多城堡和墩台作为前哨，墩台也叫烽火台，专供传递军情所用，白天燃烟，夜

山海关东罗城城门

东罗城位于关城东门外,其东门城楼为服远楼,城门之外有一长方形瓮城护卫。另外两座城门,南门渤海门和北门袭龙门。

晚举火,据此可知敌军距离远近,还能得知敌军数量的多少。

◎ 嘉峪关

教科书中载:长城西起嘉峪关,东至山海关,绵延万里。是的,作为古今军事要地,嘉峪关正当河西走廊之最西口,战略地位确实非同一般。旧时,嘉峪关就是明长城九镇之一——甘肃卫,关城是整个长城防线上的一个重要据点,与整个城墙、烽火台连成一体,其平面呈梯形,从高处远望像一个大斗。整个关城有东、西二门,东门曰光化门,西门曰柔远门。西门外的罗城之门,即是嘉峪关的大门。据说，原大门之上也悬挂有"天下第一雄关"的匾额，只可惜此门于新中国成立前被拆毁，现已无迹可寻。

关城的四隅有角台，角台上有高约两层的角楼，均砖石砌成，状如碉堡。南北两侧城墙的正中有敌台，台上建有敌楼，面宽三间带有前廊。罗城西面南北两端亦建角台，台上也建有角楼。关城自远处望去，碉堡林立，城楼高峙，显示出万里长城雄关的凛然姿态。

嘉峪关大门、柔远门和关城内景

嘉峪关位于甘肃省嘉峪关市西5千米处最狭窄的山谷中部，城关两侧的城墙横穿沙漠戈壁，是明长城最西端的关口，由内城、外城、罗城、瓮城、城壕和南北两翼长城组成。

◎ 居庸关

作为一处名声在外的军事雄关，居庸关最初并非是长城线上的关隘。在居庸关修筑长城，始于北魏年间的"畿上塞围"，后在北齐年间又将长城自幽州北夏口（即今北京昌平南口）修至恒州（今山西大同），再后来才从这里往东把长城修到了山海关。从此，居庸关才与长城相接合，成为万里长城一处重要关口。当然，古时太行山从山西经河北至北京，连绵数百里，从山麓至山脊皆陡不可攀，其间仅有八条通道，谓之曰"太行八陉"，居庸即是其中的第八陉。由此可见，居庸关确非一般关隘可比。

居庸的名称，据有关文献记载是以秦始皇时曾经迁徙庸徒（庸是贫苦受雇的劳力）于此居住而得名。但秦始皇时的长城却并不经过这里，而是从北面较远的地方到达辽东。在秦始皇修筑长城的同时，曾沿长城设置了十二郡，用来开发长城沿线和保证驻扎长城部队的供应。其中上谷郡就在今居庸关附近的延庆、昌平、怀来、宣化、保安这一地区，于是就把这些地区的老百姓和囚徒迁居至此，这倒是有可能的。不过，在居庸这里设置关卡应该是汉代时期的事。但当时这里的居庸关并不是长城线上的关口，而是居庸关县与军都县之间的关口。到了三国时，居庸关被称作西关，魏时又称军都关，北齐则改称纳款关，而唐朝称作居庸关、蓟门关或军都关，辽之后至今都称作居庸关。

关于居庸关关城的布局情况，元代之前鲜有文字记载，直到元代熊梦祥在《松云闻见录》中摘录欧阳玄过街塔铭中所说的点滴内容值得人们注意。一是元时居庸关作为由大都通往上都的大道，皇帝经常从此往返，在居庸关内有寺院，有花园，还有皇帝住宿的地方。二是在关沟南北建有两道大红门，作为关口的南北大门。按照元人乃贤《居庸关》诗自注上说，永明宝相寺和云台在关北五里，那么元时居庸关的范围与现在相似。

现存的居庸关位于长达15千米的关沟之中，有南北两个外围关口，作为

南北门户。南口距北京40余千米，是居庸关关沟入口。北口就是现在的八达岭口，即八达岭关城。居庸关位于南北二口之间，且居于两山夹峙、山形陡峭的峡谷之中，旧时还设有重兵守卫、巡逻，因此自古就有"绝险""天险"之称。故如果居庸关失守，就等于把北京城完全袒露在敌人的兵锋之下。

不过，作为一处风景胜迹，居庸关同样有着非同寻常的游览价值。首先，居庸关仅距离昌平区10余千米，近年来当地政府投入大量资金用于修缮和恢复一些景观，是难得的一处旅游胜地。构架于15千米关沟正中的居庸关，是高达8米、周长5千

居庸关俯瞰

现在的居庸关关城和长城，是明朝重修的。汉、三国、北魏、北齐、隋、唐以及辽、金时期关城的遗物已经不存，形制已不可见。

居庸关云台

居庸关云台在明代居庸关关城之中，洁白的栏杆、高耸的石台、深邃的门洞、精美的雕刻，显示出这一石砌建筑的精美。加之四周衬托着关城的城垣雉堞，更觉雄伟壮观。

多的关城，除了原有的水门已经湮没无处找寻外，还有南北两座关门。听当地老人说，原先城内有高大的过街塔，如今毁坏得只剩下一处云台了。不过，这一处云台可非比一般古迹，它是元朝时兴建的，现今的云台仅底座就有9米多高，全部用青色的汉白玉砌成，云台顶部还设有石制护栏和石雕的排水龙头，云台正中开设南北向两个券门，虽呈唐宋式的六边形，但依然可以畅通车马和行人。

居庸关这处云台之所以属于价值无比的文物，重要的是，它是皇室祈求佛法保佑江山及其子民永世安康的见证。据过街塔铭记中说，券门"下通行人，皈依佛乘，普受法施"。云台券门内外还密密麻麻地镌刻着密宗图形，如券顶两侧雕刻有

十方佛和千手佛，如券门内两侧雕刻有护法天王，他们分别是东南增长天王、东北持国天王、西北多闻天王和西南广目天王。在这四大护法天王的手上和脚下都持有或踩着东西，有持剑的，有打伞的，有抱着琵琶的，还有手里擒着一条蛇的，造型各异且生动逼真。特别令人费解的是，四大天王中唯有持国天王脚下踩的是人，其他天王脚下踩的都是鬼神，而且持国天王脚下的人是一位身着汉家服饰的女人，在天王两侧还雕刻着持笏恭恭敬敬像是在迎接的汉族和少数民族人物的形象。这真是匪夷所思的事。另外，为了纪念造塔和后世不断修缮塔身者的功德，其上还有用梵文、藏文、八思巴文、畏兀儿文、西夏文和汉文等6种文字镌刻的经文咒

居庸关云台雕刻的持国天王像

居庸关云台雕刻的佛教图像均属藏传佛教内容，计有五曼荼罗、十方佛、千手佛、四大天王、交叉金刚杵、六拏具等。

语。那经文咒语一般人不一定能够明了，但罕见的西夏文字则是后人研究西夏历史极为鲜少的实物资料。

◎ 八达岭

位于北京昌平区北部与延庆区交界处，属于延庆区辖区，距离北京市中心约有70千米左右，从市内的前门、德胜门和西直门等地均有公共汽车或旅游专线客车直达，交通十分便利。不过，处在西山和军都山夹缝关沟北头的八达岭，古时属于居庸关的北口，曾有"居庸之险不在关，而在八达岭"

北门锁钥

八达岭关城是明代居庸关的前哨，关城西门有"北门锁钥"四个大字，意味着这里是北方边关的关键之处。

之说。

两山夹峙、中通一径的八达岭，在岭口之间仅有一小小关城，长城即从关城南北两侧依山而建，其关城是一个不规则的四方形，东西两面各有关门一座，东门题额曰"居庸外镇"，西门题额曰"北门锁钥"。如此一处险峻关城，且只此一条通道，为什么叫"八达岭"呢？原来，由于这里南通南口、昌平、北京，北连延庆、永宁，西面又通向沙城、宣化、张家口，所有道路从此四通八达，故名"八达岭"。

八达岭长城，是由居庸关城台开始向两边延伸的，因为山势蜿蜒起伏十分陡峭，故这段长城也险峻奇危，且城墙高大而坚固，平均高达8米，墙基宽约有6米多，顶部也将近6米宽。八达岭长城并非只是一道城墙，而是由几重城墙交错构成，每一重城墙都有烽火台或敌楼，形成一处完善的纵深防御工事，可谓是易守难攻的绝地。八达岭有两处高峰，称为南高峰和北高峰，当地熟悉的人则叫它南四楼和北五楼。这两处高峰都在千米以上，登爬起来十分吃力，一般人难以攀上顶峰。当然，如果能够登临高峰，大自然赐予两处迥异非凡的绝妙美景，到那时才能真正领悟"无限风光在险峰"的含义。

◎ 雁门关

位于山西省代县境内，据《山海经》记载有"飞雁出于其门"而得名。

历史上雁门关属代州八景之一，素以"雁门紫塞"之名。旧时这一带山上生产一种石头，明朝李时珍在其著述《本草纲目》中称之为代赭石，再加上附近兼有长石、黏土均呈紫红色，在阳光照射下，分外好看，更显出关塞之壮丽，故名"雁门紫塞"。当然，雁门关景致优美，地势险要，防御严密。古老的内长城蜿蜒曲折，山上的烽火台星罗棋布，加上城楼、敌台、内外城障亭墩

雁门关俯瞰

雁门关有东西二门，皆以巨砖叠砌，过雁穿云，气势非凡，门额分别雕嵌"天险""地利"二匾。

守望相助，真可谓是固若金汤。

不过，有趣的是雁门关也被称为"第一关"，记得关城门额砖墙上刻有这样一副对联："三边冲要无双地，九塞尊崇第一关"。不管如何，雁门关也实在是一座不能不说的名关险隘。

◎ 娘子关

旧时称苇泽关。据说唐太宗的妹妹平阳公主曾经领兵镇守在苇泽关，据关驻守还主动出兵击敌，为开创和保卫大唐帝国基业立下过赫赫战功。为了纪念这位巾帼英雄，人们便把苇泽关改名为

娘子关匾额

娘子关。

娘子关是太原盆地通往华北平原的交通要道，古时驿递邮传要从这里通过，就连今天山西太原通往石家庄和北京的铁路也都从这里经过。当然，地处太行山脉中段的娘子关，地形十分险要，关城两面都是绝壁危崖，激湍的桃河水从城北而来，娘子关就建在桃河峡谷之中。这一带，山势雄险，是兵家必争之地，且山水相依，风景优美，由于水流冲击，形成许多溶洞，瀑布从洞口飞下，散若珠帘。在关上还有一个在岩石上雕刻出的石盆，泉水从盆中涌出，清澈明亮，俗称为"洗脸盆"。传说，当年平阳公主征战归来时还经常在此梳洗呢。

◎ 玉门关

人们对于玉门关的认识，大多源于它的文化内涵，诸如"羌笛何须怨杨柳，春风不度玉门关"这样脍炙人口的诗句，都为玉门关传声扬名起到了很好的作用。

玉门关遗址

西汉玉门关故址在今甘肃省敦煌市西北小方盘城，现存的城垣完整，总体呈方形，西墙、北墙各开一门，城北坡下有东西大车道，是历史上中原和西域诸国来往及邮驿之路。

当然，玉门关之所以能够成为名塞雄关，还在于它险要的军事地位，因为自古这里就是通往西域的交通要道。据史书上记载，雄才大略的汉武帝在大破匈奴之后，又大肆修筑河西长城到达玉门关，并由此一直将长城修到了疏勒，也就是今天新疆的喀什地区。后来，汉武帝派张骞长途跋涉与西域修好时，又开辟了历史上著名的"丝绸之路"。在这条连贯东西方两个世界的国际商贸坦途上，玉门关成了熙来攘往的商旅们必经的落脚点，当时景象可谓是热闹非凡。为了保证这条"黄金线"的安全，汉代长城在其中起到十分重要的作用，玉门关和阳关这两处险塞要道的作用更是不容忽视。

◎ 慕田峪

北京怀柔境内的慕田峪长城，明朝时叫慕天峪关，是朱元璋手下大将军徐达领人修建的。不知何时更名为慕田峪的长城，并不像八达岭长城绵延不尽且有多重城墙，无法测量其准确长度，据专家测定其全长确切长度为2250米，共有敌楼22座，最

慕田峪长城

慕田峪长城是明代万里长城的精华所在，自古以来就是拱卫京畿的军事要处，有正关台、大角楼、鹰飞倒仰等景观。

高处海拔540多米。不过，慕田峪长城之险要在于它是建在陡峭山势的顶峰外侧，紧紧贴着悬崖边上，如此就更显得异常险恶难攻了。

慕田峪长城，人们欣赏的有"四绝"：一绝秀，二绝楼，三绝势，四绝水。秀，在于它植被茂盛，无论春夏秋冬绝对不会像八达岭那样一到冬天就光秃秃的，慕田峪周围山上四季景致不同，可以说是各有千秋。楼，除却其他敌楼的险峻不说，单是关城处那并排矗立的三座敌楼，其奇特构造在万里长城线上也属于极为罕见的了。势，慕田峪长城有两处别具一格的气势造型，一是在高达千余米山上有一段长城，从远处或空中鸟瞰恰似一副完整的牛角，显得苍劲而雄阔；二是另有一段长城就修建在山巅之上，而那里的山势如果说是用刀斧砍削犹不为过。水，北方少水，而慕田峪长城的脚下却有几眼清澈的泉水，这实在是奇绝之事。

◎ 司马台

北京密云区境内的司马台长城，虽然距离北京市区远点，但远离人世的喧嚣，实在值得寻古旅人到此一游。全长近20千米的司马台长城，共有36座敌楼，并以司马台水库为界分为东西两段，西段长城较为平缓，东段长城也只有14到16敌楼间奇险无比，前一段称为天梯，后一段叫作天桥。这一段长城充其量只能叫作一堵墙，因为其顶部仅有30厘米宽，与八达岭那高大厚实的城墙简直无法相比。不过，司马台长城向来以其奇、特、险著称，特别是近年来那修旧如旧的修缮保护措施，使司马台长城似乎驮伏着一种历史的沧桑，给联合国来考察的世界遗产委员会官员留下极为难忘的印象。这才是那些只顾眼前利益不惜毁坏祖先遗产者应该效仿的范例。

司马台长城天梯

  司马台长城天梯位于东14楼以东,属于单边墙,坡陡墙窄,呈直梯状沿山脊跃升,几近直立,且无扶手,两侧皆是深渊。

◎ 黄崖关

黄崖关是明朝边防九镇之一——蓟镇长城的重要关口，位于天津蓟县县城北面30余千米的地方，其关城建在沟河河谷之中，两岸山势十分险峻，景色也是万里长城沿线较为秀丽的。最有特点的是关城的布局，它不似城市街道呈纵横贯通结构，而是一个曲尺形，内里防御纵深比较特别而隐蔽，是真正易守难攻的绝地，故有"八卦阵"或"迷魂阵"之称。这种结构的关城不仅是极好的军事防御阵地，也是极为罕见的建筑形制。另外，如果有幸能到黄崖关一游，还可以沐浴到一次真情的凄美。相传，有12位同乡青年相约到边关修筑长城以报效

黄崖关

黄崖关长城位于天津市蓟州区以北28千米的崇山峻岭之中，东达河北省遵化市的马兰关，西接北京平谷的将军关，全长42千米，有楼台66座，敌楼52座，烽火台14座。

国家，不料在修建一座敌楼时因发生事故使12个小伙子都命丧黄泉，小伙子的妻子们在无比悲伤中却一同出资建好了那未完工的敌楼，正是因为此事，人们便叫这座敌楼为"寡妇楼"。其实，故事真实与否并不重要，重要的是人们心中拥有一份永久的真情，那就足够了。

简单介绍以上几处有代表性的长城地段，其实这些只是纵横十万里长城的小小缩影，如果有机会到长城其他雄关险隘处畅游，那才是人生一大幸事。特别是那些至今还鲜为人知的旧时地段，更有一种惑人的魅力在勾引着人们的双脚，只不知谁会成为首揭这些长城面纱的幸运者。

长城谜题知多少

纵观世界众多奇观胜迹，没有一处堪比长城的建筑历时之长，也没有一地有长城所蕴藏的谜题之多。绵亘神州几万里、历经数千年的"万里长城"，实在不是某人一支纤毫所能书其万一的。如此，就世人所热衷、疑惑，或者耳熟能详又难求甚解的谜题试解一二。若能使读者见斑窥豹，足矣。

◎ 长城到底有多长？

万里长城，在人们意识里已经根深蒂固，以致有人误以为万里长城仅有万里之长。其实，教科书中的万里长城单指"东起山海关，西到嘉峪关"的明长城，但仅此一段也长达6700余千米。那么，再加上各个朝代修建的长城，名为万里的长城到底有多长呢？

据史书上记载，自春秋战国楚国修筑"方城"开始，直到明朝的万里长城，历时数千年、约有20多个诸侯国和封建王朝修建过长城，短则三五百里，长则二三千里，而秦、汉、明三朝修建的长城都超过了万里之遥。如此，据有关专家考察说，长城总长度应该超过5万千米。不过，5万千米也只是一个大概数字，因为至今还没有一人能够精确地实地测量过长城的真正长度。再加上长城并非一条线，许多地方建有双重城墙，有的地方甚至是多重，如此实在让人们无法计算得精确。

◎ 长城最东端在哪儿？

在人们对长城的认识中，有这样一个误会非常有必要予以澄清，那就是长城最东端到底在哪儿？

无论在人们的认识中，还是中小学教科书里，甚至于权威书刊《辞海》中有关条目的解释，都认为长城是东起山海关西到嘉峪关。其实，这通常指的是保存至今的明长城，但也并非明长城全部。

后来，有专家考证说明长城东端还有一段长达1000千米的辽东长城，故长城最东端并非山海关的老龙头，而是辽宁省宽甸县境内的虎山。对于长城东端"龙首"之争，多年以来国内许多专家学者均卷入其中，尤以辽宁丹东的文物部门最为积极。记

老龙头

老龙头位于山海关南的渤海之滨，是明长城的东部入海处。长期以来，人们认为老龙头是明代万里长城的东端起点。

得 20 世纪 90 年代初，长城专家学者在丹东召开论证会，隆重宣称："现有考古发掘材料证明，明代万里长城东端起点在辽宁省丹东市宽甸满族自治县虎山乡鸭绿江畔的虎山地段。"之后，这种说法得到确证，2000 年中国国家文物局古建筑专家组组长、中国长城学会会长罗哲文先生也表示对这一观点的支持和认可。

其实，在史书上早有文字佐证这一发现。史实虽然如此，但"虎山"名气似乎总也盖不过山海关"老龙头"的光焰。正如有关专家说的那样，对于这种误解，一般人是懒得去较真的，更何况围绕山海关还有那么多悲壮凄美的动人故事呢？

虎山长城

虎山长城始建于明成化五年（1469 年），当时的主要作用是为防御建州女真人的侵扰。《明史·兵志》记载："终明之世，边防慎重，东起鸭绿，西至嘉峪。"

相比之下，虎山长城并没有上演过什么可以流传下来的传说，其被人们遗忘也就是很自然的事了。不过，无论对于"龙首"之争的结果如何，都是令人振奋的，因为传统意义上的万里长城又向东延长了2000里，这才是人们应该抚掌相庆的。

◎ 谁是"天下第一关"？

人们都知道"天下第一关"匾额挂在山海关的门楣上，也有人知道北京居庸关城门上也刻有"天下第一雄关"几个大字，近来又有人考证说辽宁省境内号称"京东首关"、被列入世界文化遗产的九门口长城当属天下第一关，那么到底谁是天下第一关呢？

位于河北秦皇岛市东北15千米处的山海关，地理位置确实非同一般，向来为兵家战略要地，历史上许多关系整个局势成败的战争都曾在此发生。据说，山海关始建于明洪武十四年（1381年），明太祖朱元璋派大将徐达在此地修筑长城，并建关设守，因关城建于高山与大海之间，始有"山海关"之名。从空中鸟瞰，山海关北依千重燕山，南濒万顷渤海，盘旋横亘于崇山峻岭之巅，紧紧扼守住东北进入中原之咽喉，故有"两京锁钥无双地，万里长城第一关"之美誉。特别是关于是谁题写"天下第一关"这个匾额的争议，使山海关更加名声大噪，越发让人们对它那"天下第一关"表示认同。

在长城诸多名关险隘中，居庸关的名气与声望不在山海关之下，虽然最初它并不是长城线上的关口，但有后来居上之势。早在秦始皇时代，这位始皇帝就迁徙庸徒在此设关，直到明朝朱元璋派大将徐达修建关城镇守此地，使居庸关更加突显出它重要的战略地位。古有"太行八陉，居庸其一"之说，《淮南子》上也记载有"天下九塞，居庸其一"，这些都足以证明居庸关之险要。再加上"北门锁钥"的八达岭和南口的南北拱卫，更使居庸关军事地位显赫无比。

经过重新修葺后的居庸关,气势更加非凡,那雄伟门楼上"天下第一雄关"的匾额,实在给人一种不可抗拒的视觉冲击,让人不得不产生敬畏仰慕之情。

与山海关和居庸关相比,比邻山海关的九门口长城并不为人们所熟知。不过,这处中国东北地区最先获得"世界文化遗产"殊荣的九门口长城,自古就有"京东首关"之称。如果说山海关是东北地区进入中原之咽喉的话,那么九门口就是咽喉的喉

居庸关关城城楼

居庸关形势险要,东连卢龙、碣石,西属太行山、常山,是天下之险,号称"天下第一雄关"。

头，故此有"九门口一失，山海关不保"之说。历史上，闯王李自成曾在九门口与清军展开过一场生死决战，后因明将吴三桂冲冠一怒为红颜，投靠清军大破九门口，继而使山海关陷落，导致闯王李自成功亏一篑。今天，战争硝烟远去，九门口长城遗址经过文物部门的努力，已经进行了三次大规模维修、扩建和改造，九门河（今九江河）从城门之下潺潺流过，巍巍关城架于河面之上，构成长城沿线独具特色的一处关隘，也成为游人向往之地。据中国新华社原资深记者卜昭文先生考证说，九门口居山海关之东，当属天下第一关也。如今，这一观点已被许多专家学者所认同。

不论山海关，还是居庸关，抑或九门口，它们

九门口长城

九门口原称一片石关，始建于北齐，扩建于明初洪武十四年（1381年），是明长城的重要关隘。关城横跨九江河，享有"水上长城"之美称。历史上著名的一片石大战就发生在这里，史称"京东首关"。

都是长城重要关口；也不论谁是天下第一关，它们都是中华大地上的雄关胜迹，是人们怀古思幽的好去处。

◎ 长城砖石是怎样运上去的？

修建在崇山峻岭之巅的万里长城，关于那些巨大砖石是如何运送上去的，一直都是世人关注的难解之谜。

据史书记载和有关传说，往山上搬运石料的方法大约有三种：一是利用动物运送。传说在高山上修筑长城时，一般是利用善于爬山的山羊和毛驴把满筐砖石运送上去的。这一点，笔者在八达岭军营戍边时曾专门考证过，据当地老人说此传不虚。另外，即使今天在修葺居庸关长城的过程中，也还有用畜力毛驴运送石料的。二是靠人力搬运。在没有现代化机械作业的情况下，当时人们主

明代修长城图
此图为西方人20世纪初绘制，描绘了明代修筑长城的情形。

要采用肩扛背驮的原始方法，首先人们从山脚下到修筑的城墙处排成一队，依次把砖石一块块传递上去，这种运输的优点就是减少了来回跑路的时间，特别是在山路狭窄处还可以避免人们来回之间的互相碰撞而产生危险，同时也大大提高了运输效率。三是运用简单的器具运输。当时的人们在劳动实践中，已经创造使用了一些简单工具，例如手推独轮小车等就非常适合用于比较平缓的山坡之上。但是，在运送上千斤大砖石上山时，人们还采用了滚木和撬棍，或者在山上安置绞盘把巨大的石块绞上山梁去。而在深沟峡谷运送砖石时，人们又发明"飞筐走索"的办法，就是把砖石装在筐内从两岸拉固的绳索上滑过去。这些方法的运用都大大地节约了劳力和时间，同时也体现了中国古代劳动人民的卓越智慧和非凡创造力。

◎ 孟姜女哭长城是真是假？

谈起万里长城，人们都会想到一则家喻户晓的民间故事——孟姜女哭长城。那么，这个故事到底是真是假，世间有没有孟姜女这个人呢？

传说山西一富户小姐孟姜女巧遇落魄公子范喜良，两人喜结良缘之夜，范喜良被秦兵抓去修筑长城。三年不回的范喜良，使孟姜女万分思恋，于是她冲破重重阻挠，踏上千里寻夫之路。孟姜女来到山海关时，得知她的丈夫范喜良因筑长城已经累死了，尸骨就埋在城墙之下。于是，孟姜女放声痛哭，如雨的泪水终于淹倒了长城，露出范喜良的尸体，孟姜女把丈夫的尸骨埋葬后，自己也纵身跳海而死。后来，孟姜女投海的地方现出四块黑色礁石，当地农民就把这类似人形的礁石称为"姜女坟"。再后来，故事流传越来越广，故事情节也越来越富有传奇色彩，逐渐演绎成多种不同版本的文艺作品，直到今天以孟姜女哭长城为题材的影视类节目，仍然盛演不衰。

其实，据中国著名史学大师顾颉刚先生考证说，孟姜女与秦始皇的"万里

山海关孟姜女庙

孟姜女庙位于山海关东约6千米的望夫石村后山冈上，该庙的修建是民间故事"孟姜女哭长城"的产物。

长城"毫无干系，孟姜女也并非生活在秦始皇那个时代，而是属春秋战国时期的齐国人。另外，即便孟姜女是秦始皇时代的人，那她也不可能哭倒山海关的明朝长城，因为时间相差2000余年。尽管故事是虚构的，但它却曲折地反映了当时老百姓修筑长城之劳苦。由此，还可以断言千万个"孟姜女"式的人物肯定是存在的。

长城，这座存在了数千年的历史丰碑，在永远留存于中华大地的同时，也将数不清的谜题留给了后人，并吸引着人们去探寻这不尽的历史文化宝藏。

长城文学的魅力

任何一种文学流派的创建，都可以寻找到其中根源。长城文学是否属于一个流派姑且不论，但其别具风格的特色和不同凡响的气势，似乎没有哪种文学流派堪与媲美。所以，长城文学在中国诸多文学流派中独树一帜，具有一种无法言喻、撼人心魄的魅力，况且还有"长城诗歌浩如海"的赞誉呢？如此，如果想以短短万余字尽展长城文学的魅力，显然是一件不可能的事。那么，尽力而为恐怕就是唯一能做的事了。

◎ 长城文学的起源

最早描写长城的文学作品是什么，似乎没人能够给出一个权威答案。故此，关于长城文学的起源问题，只能是见仁见智了。

不过，自春秋战国修筑长城时开始，就应该有这方面的文字记述了，因为那是一个思想学说和文艺流派都呈百花齐放的时代。当然，那时思想学说占据着主导地位，是阳春白雪；而文艺作品则难登大雅之堂，属于下里巴人。但是，这并不妨碍人们追寻长城文学的根源所在，因为那是任何人也抹杀不掉的历史。何况，自那时起无论文艺作品经历怎样的变化与进步，其源头似乎都可以追溯到先秦时期，特别是长城文学更是与此血脉相连，有一种割裂不断的纽带。如此，我们不妨翻开中国古文化的历史长卷，去感受一下长城文学与先秦诸子百家的关联。

先秦诸子提倡的几乎都是仁政，不主张动辄刀兵相见，攻占杀伐，希望

秦代修筑长城图

此图为西方人20世纪初绘制，描绘了秦代修长城的役夫或奴隶在秦军的皮鞭下修筑长城的情形，说明当时修筑长城给人民带来了沉重的负担。

以仁义教化民众，统治者要关心自己的子民，使广大子民安居乐业，而广大子民也应该服从管理，自觉地履行作为臣民的义务，双方共同创造一个和谐、仁爱的大同社会。这是先秦诸子百家的基本主张，特别是墨子更是极力向各诸侯国君主灌输"兼爱非攻"的政治主张，每到一地他都开设课堂宣讲自己的政治思想，大力倡行"兼爱非攻"的独家理论。按照他们的治国方略，那种不惜民力大肆修筑长城的行为，实在是一件舍本逐末的蠢事。

确实，治人贵在治心，是许多统治者都心知

肚明的，但真正实行起来绝非易事。所以，韩非子的法家主张则不同于其他诸子，他讲求用严苛的政策法律来管束民众，绝对不能失之以宽，否则混乱和祸害是在所难免的。不过，法家对于统治者竞相修筑长城的态度倒没有什么明确表示。其实，诸子百家的主张有时候也是相互矛盾的，许多问题各家也没有一个很好的解决办法。这当然是历史的局限。

孟姜女塑像

此塑像位于秦皇岛市姜女庙。姜女庙或孟姜女庙是长城文化衍生出的民间民俗文化的产物。

　　与当时社会主流先秦诸子百家理论所不同的是，文学艺术起步晚、发展慢，刚开始时还主要在社会底层的老百姓中间流行，是他们繁重体力劳动之外的生活调味品。当然，随着一些生活落寞的贵族民本思想的回归，他们渐渐地融入社会底层人民大众中间，开始有机会接触并关注普通人的生活状况和人生情态，特别是流行其间的短歌俚语，或者干脆就叫着"顺口溜"的东西，引起了他们的极大兴趣，并积极地进行二度创作，使之不断得到文学

艺术性的加强，逐步形成了一种文艺形式。诸如，在中国最早的诗歌集《诗经》中那305篇作品，几乎都是来自民间的歌赋，但其在中国文学史上的地位和作用，是其他文学形式难以望其项背的。当然，《诗经》中所收作品，虽然没有直接关于长城的文字描写，但其对于战争的关注绝非少数，而长城归根结底就是战争的产物。所以，关于长城文学作品最迟也不应该晚于春秋中叶，这个推断大概不会有什么大的出入吧？

当然，就此说长城文学起源于春秋时代，至今还没有文献史料能够给人们一个确切答案。那么，要回答关于长城文学的起源问题，还是等待权威的考证好了。

◎ 长城诗词浩如海

上下三千年、纵横万余里的中国长城，是一部源远流长的中国古代文化史，是中国封建社会最辉煌、最丰富的历史篇章。古往今来，不知有多少帝王将相、文人骚客、征旅戍卒为它写下不朽的诗词颂歌，如果用浩如烟海来形容其数量，人们应该不会有什么异议。

中国有一个长城学会，聚集了许多长城的研究人员和爱好者，其中不乏像罗哲文这样的大学问家。他们专心致力于长城研究，内容涉猎非常广泛，有地理、历史、文学、艺术，还有军事学、社会学、建筑学、物理学和美学等，可谓是无所不包。在如此广博的研究领域里，许多人找到了智慧的激发点，其成就也具有其他领域所不可比拟的优越。当然，在如此众多的地界里，长城诗词无疑是一个亮点。如"诗仙"李白的"长风几万里，吹度玉门关"，如一代伟人、诗人毛泽东那"不到长城非好汉，屈指行程二万"等，都已成为千古绝唱。如此，想尽展长城诗词的所有魅力，肯定会挂一漏万。细细思索，还是在浩瀚的长城诗词中，采集与某一处关隘密切相连的来欣赏好了。

当然，以单独一处关隘为描写对象的长城诗词中，似乎关于居庸关的最为丰富。如此，我们罗列几首供读者先赏为快。例如，胸怀大志又久不得志的著名边塞诗人高适，他在经过居庸关时曾留有《使青夷军入居庸三首》的诗。诗云：

匹马行将久，征途去转难。
不知边地别，只讶客衣单。
溪冷泉声苦，山空木叶干。
莫言关塞极，云雪尚漫漫。

古镇青山口，寒风落日时。
岩峦鸟不过，冰雪马堪迟。
出塞应无策，还家赖有期。
东山足松桂，归去结茅茨。

登顿驱征骑，栖迟愧宝刀。
远行今若此，微禄果徒劳。
绝坂水连下，群峰云共高。
自堪成白首，何事一青袍。

如元朝延祐二年（1315）考取进士的黄溍，他在一首直接题为《居庸关》的诗中写道：

连山东北趋，中断忽如凿。

万古争一门，天险不可薄。

圣人大无外，善闭非键钥。

车行已方轨，关吏徒击柝。

居民动成市，庐井互联络。

幽龛白云聚，石磴清泉落。

地虽临要冲，俗乃近淳朴。

政须记桃源，不必铭剑阁。

仆夫跽谓我，无为久淹泊。

山川岂不好，但恐风雨恶。

这位浙江义乌人黄溍（1277—1357），虽久负盛名，但屡次不第，直到元延祐二年（1315）才被录取为进士，同年授台州宁海县丞，后入京城成了翰林文字、同知制诰兼任国史院编修，不久又提升为国子博士，再后来到浙江担任儒学提举，由于年岁原因要求退休，可休息没几天又被召回，直到80多岁时病逝在中奉大夫任上。大器晚成的黄溍，是当时"儒林四杰"之一，留有《日损斋稿》等多种著述。他的这首《居庸关》，写得气势非凡，还联系现实政治环境，写出了深意和特色，不可多得。

在大明王朝的诗人中，我们不能不提到并称"三杨"的三位学士，他们是杨溥、杨士奇和杨荣。这三位都是朝廷的殿府大学士，其才华横溢，难有匹敌。下面一同来看看他们关于长城的诗作。

首先是湖北人杨溥的《宣德丙午扈驾巡边途中感兴》。诗云：

膏车度重关，重关路漫漫。

两厢既充轫，四牡何盘桓。

翘首望前轨，迢迢不可攀。

任重难为力，临岐发长叹。

再读江西人杨士奇的《扈从巡边至宣府往还杂诗》，这是他跟随永乐皇帝从边城回来时的诗作。诗云：

居庸关中四十里，回冈复岭度萦纡。
道傍石刻无人识，尽是前朝蒙古书。

最后来看一看福建人杨荣的《京师八景 其一居庸叠翠》：

群山耸列势峥嵘，日照峰峦积翠明。
高出烟霞同绝塞，低回城阙拥神京。
休论函谷山崖险，绝胜匡庐九叠横。
扈从常时经此处，坐看天际白云生。

当然，大明王朝诗人辈出，不是"三杨"这几首作品所能涵盖，而且泱泱中华诸多朝代的诗词也都各有千秋。

杨士奇像

杨士奇（1365—1444年），字士奇，今江西省泰和县人。中国明朝前期重臣、学者。任内阁首辅二十一年，与杨荣、杨溥同心辅政，并称"三杨"。

再如康熙大帝在出居庸关准备深入漠北剿灭噶尔丹时，在一首名为《出居庸关》的诗中，他写道：

群峰倚天半，直北峙雄关。
古塞烟云合，清时壁垒间。
军锋趋朔漠，马迹度重山。
渐向边城路，旌旗叠翠间。

在这首诗中，康熙大帝有对居庸关雄奇地势的状写，更有对威武军阵的夸耀之词。而与康熙大帝《出居庸关》的诗所不同的，还有同时代诗人徐兰的一首《出居庸关》。他从另一种角度表

居庸关叠翠书馆遗址

"居庸叠翠"是燕京八景之一，产生于金明昌年间。居庸关叠翠书馆建于嘉靖二十年（1541年），是供守关将士子弟读书的地方，后被毁。

现将士们出征时，对故乡的一种无限留恋和对战争的无尽厌倦。徐兰在诗中写道：

将军此去必封侯，士卒何心肯逗留。
马后桃花马前雪，出关争得不回头。

徐兰，号芝仙，这位多才多艺、诗画并工的江南才子，在康熙二十年（1681年）左右入京为国子监生，曾经当过安郡王的幕僚和年羹尧大将军的参军。他这首《出居庸关》的诗，就是诗人跟随康熙大帝出征噶尔丹到居庸关时所作。在诗中，诗人用桃花和雪这两种常见的自然景物，来衬托长城内外气候环境的反差，并捕捉到出征将士们频频回头望乡的行为，含蓄而生动地反映出征将士恋家厌战的思想情绪，读来使人有耳目一新的感觉。

与康熙大帝和徐兰等人把长城与战争、军人相连所不同的是，晚清一代鸿儒康有为的《登万里长城》，他在诗中表达了一种凌云的政治抱负。诗云：

秦时楼堞汉家营，匹马高秋抚旧城。
鞭石千峰上云汉，连天万里压幽并。
东穷碧海群山立，西带黄河落日明。
且勿却胡论功绩，英雄造事令人惊。

对于康有为的认识，世人应该是从他在1895年联合赴京会试1300余名举子搞的那场"公车上书"开始的。虽然后来在光绪皇帝支持下，他率众掀起"百日维新"运动，但最终还是被旧势力所扼杀。不过，有心人如果剖析康老夫子之所以有那么一场轰轰烈烈的改革壮举，不难发现它是有着历史渊源的，这一点单从这首诗中就不难看出。这首诗写于光绪十四年（1888年），也就是

康有为

康有为（1858—1927年），广东省广州府南海县丹灶苏村人，人称康南海，中国晚清时期重要的政治家、思想家、教育家，资产阶级改良主义的代表人物。

"公车上书"之前七年时，康老夫子来到八达岭，面对巍峨的万里长城，他思绪万千，心中既有强烈要求改革变法的雄心壮志，又有不能操之过急的冷静思考。终于，在中日甲午战争失败后签订《马关条约》时，早就等得不耐烦的康老夫子联名上书朝廷，强烈要求"变成法，通下情，慎左右三事，以图中国之富强"。当然，单纯从诗词艺术角度来说，康老夫子这首诗也是大气磅礴，非一般流俗作品能相比。如"鞭石千峰上云汉，连天万里压幽并"这一句，可以说是有一种气冲霄汉的不挡气势。这一点，恐怕也只有像康老夫子这样的志士、大家才可驾驭，绝非那些艳词软语者所能想象出来的。

当然，在众多描写长城的文学作品中，关于居庸关的可以说是数不胜数。确实，数千年来居庸关以其雄险的战略地位和特殊的环境位置，赢得了文人墨客们的青睐。在诸多诗词作品中，有抒发自己政治感怀的，有感叹社会时事的，有关注边民生活疾苦的，有极力颂扬太平盛世的，有对风俗民情进行赞美和欣赏的，也有描写长城塞外那壮丽风光的……所有这一切，都丰富和升华了长城的精神内涵。

◎ 长城与边塞诗词

说到长城，就不能不提到边塞诗词，而说起边塞诗词又不能不列举高适、岑参、王维、王昌龄、王之涣、骆宾王、杨炯和陈子昂等一大批杰出的边塞诗人。所以从某种程度上说，没有长城就没有边塞诗人和他们的诗词。而由于长城总是与战争紧密联系在一起，故此边塞诗词又与其他诗词有着明显区别，战争频繁边塞诗词就相对繁荣，国泰民安边塞诗词就消弭殆尽。不过，边塞诗词无论从艺术成就还是思想内涵上来说，始终是高扬着阳刚之美和豪放之气的，强烈的爱国主义精神始终是其主基调。在这些边塞诗词中，诗人们在自己的作品中虽有痛心疾首或击节高歌的痴癫表现，但绝对不是无病呻吟或放浪形骸，他们心系国家民族的荣辱兴衰和生死存亡，内心里充满了英雄主义和献身精神。这绝不是那千军万马的征战场面所可比，也不是刀光剑影拼死厮杀能表达，更不是瀚海大漠苍凉风光就衬托得了的，那是一种穿云贯日的气魄，那是一种气贯长虹的精神。细细回想，对于长城，对于边塞诗词，也只有这样才能够匹配。如此，不妨数点一下中国的历史脉搏，来看一看魏晋南北朝的纷乱时期、晚唐的多事之秋和屡遭欺凌的大宋王朝，它们几乎都是处于战乱频仍之中，因而边塞诗词的发展也就相对比较繁荣。当然，在边塞诗词这几个相对繁荣的发展阶段，也有着互不相同的特色和风格，如魏晋南北朝时多为慷慨侠气，唐朝则开阔恢宏，宋朝就属于感情炽热而略带伤感了。其中，虽然大唐王朝不曾修筑过长城，而塞外诗词却是以唐朝为最盛，这实在是一个值得研究的课题。故此，我们就以大唐诗人的边塞诗词为例，去感受一

下长城塞外的多姿风情。

《燕歌行并序》，是高适在唐开元二十六年（738年）看到一位朋友随军出征归来后写的一首《燕歌行》诗作有感而写的，他在诗中写道：

汉家烟尘在东北，汉将辞家破残贼。
男儿本自重横行，天子非常赐颜色。
摐金伐鼓下榆关，旌旆逶迤碣石间。
校尉羽书飞瀚海，单于猎火照狼山。
山川萧条极边土，胡骑凭陵杂风雨。
战士军前半死生，美人帐下犹歌舞。
大漠穷秋塞草腓，孤城落日斗兵稀。
身当恩遇常轻敌，力尽关山未解围。
铁衣远戍辛勤久，玉箸应啼别离后。
少妇城南欲断肠，征人蓟北空回首。
边庭飘飖那可度，绝域苍茫更何有。
杀气三时作阵云，寒声一夜传刁斗。
相看白刃血纷纷，死节从来岂顾勋。
君不见沙场战苦，至今犹忆李将军。

岑参是边塞诗人中成就最高的一位，这主要得益于他长期生活在中国西北边陲，并无数次经历过戎马征战的原因。他在那首《白雪歌送武判官归京》的诗中，巧妙地把自己渴望建功立业和对友人的真挚情感交融到冰雪世界之中，堪称绝妙诗词。如此，我们不妨走进诗人的意境里，去感受一番那雄心壮志、那挚友深情：

北风卷地百草折，胡天八月即飞雪。

忽如一夜春风来，千树万树梨花开。

散入珠帘湿罗幕，狐裘不暖锦衾薄。

将军角弓不得控，都护铁衣冷难着。

瀚海阑干百丈冰，愁云惨淡万里凝。

中军置酒饮归客，胡琴琵琶与羌笛。

纷纷暮雪下辕门，风掣红旗冻不翻。

轮台东门送君去，去时雪满天山路。

山回路转不见君，雪上空留马行处。

国学大师王国维对唐朝边塞诗人中的王维是比较推崇的，记得他曾赞叹其名句"大漠孤烟直，长河落日圆"是"千古壮观"。那么，我们就来看看王维这首《使至塞上》的诗。诗云：

单车欲问边，属国过居延。

征蓬出汉塞，归雁入胡天。

大漠孤烟直，长河落日圆。

萧关逢候骑，都护在燕然。

在王维的边塞诗词中，国人耳熟能详的还有《送元二使安西》一首：

渭城朝雨浥轻尘，客舍青青柳色新。

劝君更尽一杯酒，西出阳关无故人。

早晨起来，一代才子王维推开旅舍窗户，春天的喜雨遮盖了大道上的灰

阳关遗址汉代烽燧

阳关位于甘肃省敦煌市西南,和玉门关同为丝绸之路必经的关隘。目前遗址仅存有古阳关遗址、烽燧、古道等。

尘,把刚刚泛绿的杨柳洗得格外新鲜。然而,王维却没有半点轻松愉悦的心情,反而更加愁肠百结,怅然若失。因为好朋友元家老二就要策马西行,远出阳关到别处任职去了,从此一别不仅没有了知己老朋友,也不知道什么时候再能相见,这实在叫人心中伤感万分。这就是年仅21岁便考取进士的唐朝诗人王维。

出生于701年的王维,字摩诘,是山西祁县

人，曾先后担任过唐朝的大乐丞、右拾遗、监察御史、吏部郎中、给事中等官职。晚年时，他来到陕西蓝田的辋川别墅隐居，转而以山水田园诗词为最多，这方面的成就也最大，故后人为他定位时便归属于田园诗人。不过，王维年轻时写的一些边塞诗词，是边塞诗词中少有的精品力作。另外，他还精通音律，把自己的许多作品都谱上曲，使之广为传唱。同时，王维还擅长书画丹青，故此苏东坡老先生曾称赞王维是"诗中有画，画中有诗"。关于这一点，在王维流传下来的《王右丞集》中，读者可以细细品味得出。

不过，人们在细品王维诗句时最好能就着中国的十大古典名曲，也许能从中听出一些味道来。是的，在中国著名的十大古典流行乐中有一首叫《阳关三叠》，那就是根据王维这首诗谱写而成的。乐曲《阳关三叠》之所以能广为流传，恐怕不单是王维那时的名气所致，更应该是他那脍炙人口的诗句引起了人们思想上的共鸣，以致从古到今久唱不衰。当然，王维那"西出阳关无故人"诗句中的"阳关"，虽不是专指长城沿线上的那处雄关，但跃过它毕竟就是塞外了。

与王维那《送元二使安西》边塞诗齐名的，还有同代诗人王之涣的《凉州词》。

黄河远上白云间，一片孤城万仞山。
羌笛何须怨杨柳，春风不度玉门关。

在唐代流行的新乐府曲中，不能不提到《凉州词》，王之涣的这首诗就是为这种曲填的新词。它描述了在西北边塞那特有的雄浑苍凉中，久戍不得还乡的将士用羌笛吹奏着《折杨柳》的曲调，抒发着对家乡亲人的深深思念，同时也流露出他们对朝廷不关心边疆将士冷暖的哀怨情绪。这首诗气势雄浑，沉郁苍凉，是盛唐军旅诗的代表作之一，在当时就被人们广泛传诵。善于描写边塞

风光的王之涣,是山西绛县人,他的诗词意境雄阔,语言流畅,当时多被乐工制作成曲调进行歌唱,只可惜遗留下来的极少,今天能见到的只有6首,人们可以从《全唐诗》中一睹为快。

哲人说,愤怒出诗人。而王维和王之涣等边塞诗人几乎都有一腔哀怨,怨则生愤,故而他们写出如此撼人心灵的绝句,也就不足为怪了。不过,边塞诗词中也有一些激昂篇什,如唐朝诗人王昌龄的《出塞》:

秦时明月汉时关,万里长征人未还。
但使龙城飞将在,不教胡马度阴山。

这是乐府旧题诗,属《相和歌·鼓吹曲》名。唐玄宗后期,由于政治昏暗,屡次与契丹等少数民族交战失利,万里长城线上长期得不到安宁,有识之士不满社会现实,许多人想投身边疆抗战中,建立一番功业。然而,报国无门者空怀一腔热血,许多时候只能寄情于诗词歌赋之中。在这首诗中,作者在讥讽边关守将无能的同时,强烈盼望能有一位像李广那样的"飞将军"来戍守边关,使敌人闻风丧胆,不敢侵犯大唐边陲。作者凭借一支如椽之笔,描绘万里长城之外的雄阔气势,也追溯秦汉时代的大将雄风,全诗意境雄浑而苍茫,寓意深刻而激昂,音调铿锵而有力,难怪明代大诗人李攀龙说这是唐人七绝中的压轴之作。

诗人王昌龄,字少伯,是今天的西安人氏,曾经做过秘书省校书郎、江宁县丞、龙标县尉等官职。不料,唐朝诗坛上这位七言绝句的一流诗人,却在"安史之乱"中被濠州刺史所杀害,实在让人不忍揣测。王昌龄的诗多采用乐府旧题,容易谱曲入乐,并吸收乐府的表现手法,其语言清新,构思新颖,意境深远,耐人吟诵,回味无穷。另外,他还有《从军行》组诗7首,同样是边塞诗精品。截取其中四首如下:

其一

烽火城西百尺楼，黄昏独上海风秋。

更吹羌笛关山月，无那金闺万里愁。

其二

琵琶起舞换新声，总是关山旧别情。

撩乱边愁听不尽，高高秋月照长城。

其四

青海长云暗雪山，孤城遥望玉门关。

黄沙百战穿金甲，不破楼兰终不还。

其五

大漠风尘日色昏，红旗半卷出辕门。

前军夜战洮河北，已报生擒吐谷浑。

这些诗从不同角度和侧面，描写边塞风情和边关将士的生活状态，是边塞诗词中不可多得的精品。而与王昌龄边塞诗所不同的，还有唐朝诗人王翰的《凉州词》，虽然那不是直接与长城相关联的，但在边塞诗词中又有一种别样的滋味。

葡萄美酒夜光杯，欲饮琵琶马上催。

醉卧沙场君莫笑，古来征战几人回。

好一个"醉卧沙场君莫笑"，简直就是一种军人精神的图腾。虽然这只是描写戍边将士开怀畅饮的情景，却使人不能不联想到一定是将士们刚打了一个胜仗，为此正在举行盛大宴会进行庆贺。而在这个宴会上，不仅有西北地区的上等葡萄美酒，就连喝酒的杯子也是由华贵玉石制作而成的夜光杯。不仅如

克孜尔尕哈烽燧

汉代克孜尔尕哈烽燧位于新疆维吾尔自治区库车县依西哈拉乡境内，古代丝绸之路的要冲，当时有戍守边关的将士驻守。

此，在大家畅饮的时候，还有专门的乐队在现场弹奏琵琶助兴呢。在这种热烈的气氛中，将士们一醉方休是肯定的了。那么，既然喝醉了，各种姿态就都会出现，有的甚至还横七竖八地卧倒在刚刚征战过的战场上，但是请千万不要讥笑这些可爱的将士们，他们是难得有这样开心放松机会的。不过，即便如此，如果他们知道要上战场，依然会将生死置之度外，这是何等的潇洒胸襟，又是何等的壮士情

怀。所以说，这首诗虽然短小，其内涵却无比丰富，在热烈中透着冷静，在豪迈里夹杂着一丝悲凉，使其具有一种无法抗拒的艺术感染力，故千百年来一直为人们所传诵。确实，长城，边塞，军人，美酒……这是怎样的意境组合？简直比诗还有诗意，比画还有画韵，它就是自然的杰作，就是天合之作。

与以上几位边塞诗人不同的，还有年仅27岁就抑郁而死的天才诗人李贺。这位河南宜阳的年轻诗人，少年时就才华出众，但是因避父讳却不能参加朝廷应试，短短的人生旅程始终是郁郁不得志。不过，他的诗想象奇特而新颖，从不蹈袭前人，诗歌意境也博大而恢宏，没有半点靡靡之气，是中国古代诗坛上独树一帜的天才诗人，他流传有《李长吉歌诗》共四卷，也是中国诗词百花园中的一枝奇葩。现在，我们就来感受诗人辞职回乡写的《南园》一组诗，这是组诗十三首中的第五首：

男儿何不带吴钩，收取关山五十州。
请君暂上凌烟阁，若个书生万户侯？

这首诗表达了诗人渴望投笔从戎、建功立业、报效祖国的急切心情，同时也从侧面反映出诗人不能施展才能的愤懑之情。

在唐朝边塞诗人中还有一位王驾，虽然他不是什么名家，也未见有什么名段流传下来，但他的妻子陈玉兰倒是在《全唐诗》中留存有一首《寄夫》的诗，这也是她唯一的一首边塞诗词。诗中是这样写的：

夫戍边关妾在吴，西风吹妾妾忧夫。
一行书信千行泪，寒到君边衣到无。

在这首诗中，作者一反边塞诗词那种直接描写塞外风情或战争场景的惯常手法，而是一位戍边军人妻子表达自己在寒风凌厉的季节里，担心丈夫能否收到自己亲手缝制的御寒棉衣的关爱之情。全诗意境逐渐深入，把人的情绪一步步引入其中，有一种表露自我的韵味，实在是"抓人"的佳作。

边塞诗词颂长城，"绿色长城"也有颂歌。

◎ "绿色长城"有颂歌

把军人比喻为"绿色长城"，这实在是一个创造。于是，颂扬"绿色长城"的诗词也就灿若星河，如抒发有志之士慷慨从戎，渴望创建一番功业的；反映军营里紧张、有序、艰苦而又火热的生活的；描写两军将士斗智斗勇、激烈征战场面的；歌颂军人不惜流血牺牲、以身报国的；发表对正义或非正义战争的观点或看法的；表现军人夫妻相思苦恋的；赞美军民交融如鱼水情谊的……这些都与"绿色长城"密切相关。下面举例两则以为代表。

最早反映"绿色长城"的文学作品，应该是中国第一部诗歌总集的《诗经》，其《小雅·出车》《王风·君子于役》《小雅·采薇》中，就有描写将士出征和军人妻子对戍边难得回家丈夫的深深思念的场景。如《出车》中写道：

我出我车，于彼牧矣。自天子所，谓我来矣。召彼仆夫，谓之载矣。王事多难，维其棘矣。

我出我车，于彼郊矣。设此旐矣，建彼旄矣。彼旟旐斯，胡不旆旆。忧心悄悄，仆夫况瘁。

王命南仲，往城于方。出车彭彭，旂旐央央。天子命我，城彼朔方。赫赫南仲，玁狁于襄。

昔我往矣，黍稷方华。今我来思，雨雪载涂。王事多难，不遑启居。岂不怀归！畏此简书。

喓喓草虫，趯趯阜螽。未见君子，忧心忡忡。既见君子，我心则降。赫赫南仲，薄伐西戎。

春日迟迟。卉木萋萋。仓庚喈喈，采蘩祁祁。执讯获丑，薄言还归。赫赫南仲，玁狁于夷。

可以这么说，《诗经》不仅是颂扬"绿色长城"的诗词源头，也是奠定中国诗词发展的第一块基石。当然，在肯定《诗经》对中国诗词发展所起先河作用的同时，似乎也不应该忽视伟大爱国诗人屈原的存在。如此，我们不妨来感受他在《九歌》中描写战争场景一首诗词的不凡意境，那就是名声灼人的《国殇》：

操吴戈兮被犀甲，车错毂兮短兵接。
旌蔽日兮敌若云，矢交坠兮士争先。
凌余陈兮躐余行，左骖殪兮右刃伤。
霾两轮兮絷四马，援玉枹兮击鸣鼓。
天时怼兮威灵怒，严杀尽兮弃原野。
出不入兮往不反，平原忽兮路超远。
带长剑兮挟秦弓，首身离兮心不惩。
诚既勇兮又以武，终刚强兮不可凌。
身既死兮神以灵，魂魄毅兮为鬼雄。

这首诗主要讲述春秋战国时，楚国和秦国在丹阳与和田地区的两场战斗。诗人在诗中以凝重千钧的笔触，着力描写两军将士不惜生命苦苦厮杀的惨烈

屈原像

屈原（约前340—约前278年），战国时期楚国诗人、政治家，是中国历史上一位伟大的爱国诗人，中国浪漫主义文学的奠基人。

场面，讴歌他们视死如归的精神和高大威猛的勇士形象。整首诗读来如沐浴在暴风骤雨之中，那种震撼心灵的感觉非身临其境者不可妄说，堪称军旅诗词中难得的一篇佳作。战国时伟大的政治家、文学家屈原，虽出身楚国贵族，也曾任过左徒、三闾大夫等职，但他为人刚直不阿，终遭谗言诬陷而被流放到边疆，长期过着凄苦孤寂的生活。壮志难酬，在悲愤中他写下不朽名篇《离骚》和《九歌》等惊世文学作品。这些堪称扛鼎之作的诗词歌赋，具有极其浓烈、积极而又浪漫的英雄主义和爱国主义色彩，还对后来军旅诗词创作和发展起到极大的影响和推动作用，在中国文学史上占有极其重要的地位。在《国殇》中，伟大的爱国诗人屈原第一次采用七言形式，用他那传神笔触描写两军那惊心动魄的殊死搏杀，讴歌了那些为国捐躯的勇士们虽死犹雄的英武气概，这对后来军旅诗词的影响是深远而巨大的。

古代如此，近现代也不例外。如民族英雄、抗日名将吉鸿昌将军在震惊世人的九一八事变后，强烈要求奔赴东北抗日战场，而国民党总裁蒋介石却安排他"出洋考察实业"，有意让他"去国远离，逍遥异域"，而吉鸿昌"为国家争人格，为民族争生存"的愿望一刻也没有泯灭。特别是在国外，当吉鸿昌因为自己是中国人而遭到冷遇时，就找来一块小木板，在上面用中英文写下"我是中国人！"几个字，时刻佩戴在胸前。1932年，吉鸿昌终于冲破种种阻挠回到祖国，加入了中国共产党，和冯玉祥、方振武等爱国将领一同组建察哈尔抗日同盟军，并担任同盟军前敌总指挥，率领主力部队在长城沿线顽强抗击日军侵略，给日军以极为沉重的军事打击。在每一次战斗中，吉鸿昌都身先士卒，冲锋在前，有诗为证：

有贼无我，有我无贼；非贼杀我，即我杀贼。
半壁河山，业经改色。是好男儿，舍身报国。

对于吉鸿昌英勇杀敌的报国行为，长城沿线百姓表示了热烈的拥护和支持，而蒋介石却想方设法阻止吉鸿昌的抗日行动，派遣特务在天津法租界刺伤并逮捕了吉鸿昌。遵照蒋介石的"手谕"，1934年11月24日上午吉鸿昌被带到刑场。刑场就设在长城脚下，吉鸿昌面对巍峨的万里长城，思绪万千，捡起地上一根树枝，稍稍思索，便一挥而就写下了充满凛然正气的绝命诗：

恨不抗日死，留作今日羞。
国破尚如此，我何惜此头。

写罢，吉鸿昌对刽子手说："我为抗日而死，光明正大，不能跪下挨枪。我死了也不能倒下！"于是，刽子手便为他找来一把椅子，吉鸿昌泰然自若地

吉鸿昌

吉鸿昌（1895—1934年），河南省扶沟人。中国共产党党员，抗日英雄，爱国将领。

坐下来。面对吉鸿昌的凛然正气，刽子手惧怕地悄悄绕到他的背后准备行刑，而吉鸿昌却说："我为抗日而死，一生行为光明磊落，不能在背后挨枪子，我要睁眼看着反动派是怎样枪杀爱国者的！"闻听此言，行刑的刽子手那端枪的手一个劲儿哆嗦，一连更换好几个刽子手，才完成他们的"使命"。血溅长城的吉鸿昌牺牲时果真没有倒下，他的精神也应当是永远挺立的。

长城，军人；军人，永恒！

◎ 长城楹联当长存

楹联，是中国古代文学百花园中一朵不起眼的小花，但又散发着迷人的味道，深受人民大众所喜爱。它虽然与诗词、歌赋有着密不可分的内在联系，但又具有自己独特的一种韵味，其与律诗、骈文那对仗工整的特点相仿佛，都讲求词句优美对称，在中国文学史上占有重要的一席之地。所以，关于万里长城的绝妙楹联，也是长城文学的重要组成部分，下面就选择几处重要关隘的楹联佳句，供读者欣赏玩味。

自古被称为"绝险"的居庸关，其修筑时间是北魏年间。据《魏书·世祖本纪》上记载说，北齐天保六年（555年），朝廷征发民众180万人修筑自幽州北夏口（即今居庸关的南口）到恒州（今山西大同）的长城，长有900多里，然后从这里把长城一直修到山海关。从此，居庸关不仅成了万里长城线上一处重要关口，也成了文人雅士们题写楹联的好地方。至今还镌刻在居庸关门楼上的楹联有：

1. 辽海吞边月，长城锁乱山。
2. 雄关积翠倚苕莞，碧树经霜叶未凋。
3. 重关深锁白云收，天际诸峰黛色流。
4. 万壑烟岚春雨后，千峰苍翠夕阳中。
5. 千峰岚气青霄上，九折泉声翠壁间。

细思这些楹联佳句，它们不仅对仗工整、文辞贴切，还含有深邃的寓意。再如，题写在玉门关和阳关上的楹联：

无边晴雪天山出，不断风云地极来。
悲欢聚散一杯酒，南北东西万里程。

之所以总是把玉门关和阳关相提并论，那是因为古人以南面为阳，以北面为阴，而阳关就是因在玉门关之南而得名。据史书记载说，阳关和玉门关都是古时进入西域的两个起点，出玉门关的路叫北道，从阳关西行的路叫南道。早在东晋年间，有一位65岁高龄的法显和尚便是从这所谓的南道西行，越过帕米尔高原去求经讲学的。而在他之后约有500年，又有世界著名旅行家意大利人

马可·波罗，也是在攀越帕米尔高原后经过阳关前往中国内地的。还有连接中国和西亚以至欧洲的"丝绸之路"，据考证说也是经阳关和玉门关而成行的，可见当时的阳关几乎成了世界上最繁忙的国际化商业交通枢纽。这条路面宽达36丈的商旅坦途，还有一个中国人都耳熟能详的名称，那就是"阳关大道"。

不过，昔日的阳关大道，如今已是物非人非了。阳关故城三面沙丘，沙梁环抱，流沙茫茫，唯有北面的墩山上还有一汉代烽燧保存完好。阳关之西，几道高大沙梁蜿蜒纵横，沙土发白，那是史书上有名的白龙堆。白龙堆一直延伸到罗布泊以东的地方，形若游龙。在起伏的沙丘间，还经常可以看见许多断砖残瓦和汉代灰色的碎陶片，当地人把这个古道遗址叫作"古董滩"，因为在这里有幸还能捡到一些类似箭头、残刀和铜钱等"古董"。兴盛了千余年的阳关，也曾被茫茫的黄沙湮没过，现在挖掘出的阳关遗址，其面积有上万平方米，而且房基排列整齐，连接城堡的墙基也十分宽厚，使人能想象得出它当年作为汉长城上的一处重要关隘，那是何等雄拔英姿！

在万里长城最西端的嘉峪关上，也有三副精妙楹联：

1. 二崤虎口夸天险，九折羊肠确地雄。
2. 离合悲欢演往事，愚贤忠佞认当场。
3. 时雨助五师直教万里昆仑争迎马迹，
　春风怀帝力且喜十年帷幄重握刀环。

第一副楹联自然是写关城的雄险地势，而第二副楹联则是刻在嘉峪关戏楼上的，自然也有它的贴切含义。只是一个名叫魏炳蔚的人所题的第三副楹联，应该是讲述有关的历史故事，由于手边缺少这方面的资料，只好留待今后考证了。不过，单纯就这副楹联的格律而言，倒是一副绝妙的精品。

记得在唐朝边塞诗人王维的《送元二使安西》中，有"劝君更尽一杯酒，西出阳关无故人"的诗句。而与其格律相近又韵味不同的，还有题写在雁门关上的一副楹联：

莫愁前路无知己，西出阳关多故人。

一种是愁肠百结的离别情绪，一种是积极向上的健康劝勉，两者虽表露的心态迥异，但词句都是精美绝伦的。雁门关上除了上述一副楹联外，还有"三边冲要无双地，九塞尊崇第一关"的高度赞誉。

雁门关对联

"三边冲要无双地，九塞尊崇第一关"，雁门关对联，傅山题写。

当然，在晨曦或曙光里那种"曙色晴明，残星几点雁横塞；晨曦初朗，斜月孤伶门上关"的意境，同样为雁门关增色不少。

而民众心目中万里长城最东端的山海关，其声名远播的原因不仅是关城险峻的地理因素，还有民间故事广为传播的原因。特别是，关于孟姜女哭长城的传说，不仅满足了人民憎恨残暴、同情弱者的大众心理，还使山海关为更多的人所熟知。例如，传说由文天祥题写孟姜女庙的楹联中，就是这样写的：

秦皇安在哉，万里长城筑怨；
姜女未亡也，千秋片石铭贞。

当然，描写山海关雄伟气势的楹联还有：

1.两京锁钥无双地，万里长城第一关。
2.国防要隘呼天堑，寰宇称雄是此关。
3.群山尽作窥边势，大海能销出塞声。

在构思奇妙、富有哲理的山海关楹联中，更有连续用了七个相同字的绝联，读后更是让人拍手叫绝。即：

海水朝朝朝朝朝朝朝落，浮云长长长长长长长消。

在这副长达20个字的楹联中，其实只用了8个不同的汉字，而它主要运用了汉字中一字多音、一字多义的特性，把其中的"朝"和"长"两个字，分别与"潮"和"常"两字相通假，使这副楹联不仅具有趣味性，还含有深刻的人

长城文学的魅力

生哲理。为了便于阅读和理解,现将几种不同的断句记录如下:

1.海水潮,朝朝潮,朝潮朝落;浮云长,常常长,常长常消。

2.海水潮,朝朝潮,朝朝潮落;浮云长,常常长,常常长消。

3.海水潮潮,朝朝潮,朝朝落;浮云常长,常常长,常常消。

4.海水朝朝潮,朝潮朝朝落;浮云常常长,常长常常消。

确实,站在山海关城楼上,有数不完的潮起潮落,有看不够的云长云消。面对如此绝妙的山海景

山海关孟姜女庙前殿对联

致，如果没有这样一副楹联相映衬，那真不知要逊色多少了。

当然，不单是山海关，万里长城线上所有关城如果没有楹联映衬，这些雄关险隘恐怕都会黯然失色的。如此，罗列以下关城楹联不为别的，只想供读者游玩时思考和欣赏。题写在娘子关城楼上的楹联是：

1.雄关百二谁为最，要路三千此并名。
2.楼头古戍楼边寨，城外青山城下河。

题写在偏头关上的楹联为：

1.地控黄河北，山连紫塞长。
2.宣大以蔽京师，偏头以蔽全晋。

题写在古北口关城上的楹联是：

地扼襟喉通朔漠，天留锁钥枕雄关。
……
如此，让我们共同祝愿长城的楹联与万里长城永世长存！

苍龙流泪到何时

把长城比喻为一条苍龙，似乎完全是依据它的外在形象，可又包含着某种深刻的寓意，特别是长城在完成它的军事使命之后，更有了一种精神图腾在里面。然而，数千年来长城这条见证了历史辉煌与沧桑的苍龙，却屡屡遭受自然、战争和人为的毁坏，以至于弄得满目疮痍，让人难以辨认了。用"苍龙流泪到何时"做这一章的标题，没有丧失信心的意思，只是时空无限和世事难测，一时的关注和保护恐怕难以使这笔珍贵的文化遗产得以永久传承。如此，我们就真的无能为力了吗？

◎ 苍龙浊泪

记得2003年，笔者在采访中国北京大学世界遗产研究中心主任谢凝高教授时，他对中国世界遗产保护现状的忧虑可以说是溢于言表。

确实，谢教授的忧虑应该成为全体中国人的共同忧虑，因为祖先留给人们的遗产不知有多少毁于兵火征战，又有多少湮灭于岁月风尘之中？且不说上古世界七大奇迹中，如今仅有胡夫的陵墓金字塔孤零零地矗立在尼罗河畔，单是"万园之园"的中国圆明园在100多年前那场灾难中的毁灭就足够让世人刻骨铭心的了。而今天，对于世界其他国家是如何保护自己遗产的且不多说，单就已经签订《保护世界文化和自然遗产公约》近40年的中国的有关地方政府而言，他们都在干些什么呢？水洗"三孔"文物面目，条条索道勒紧泰山脖颈，万千野生动物徜徉在皇家宫苑避暑山庄，座座高楼与平遥古城旧居相

比肩，黄果树瀑布的生命只能依靠人工蓄水来苟延残喘，周口店水泥厂那滚滚灰尘将人类祖先"北京人"几乎都熏成了"肺结核"，而北京境内600千米的长城巨龙正在遭受着无尽垃圾的重重包围……不知道正在毁坏祖先遗产的人们是否想过，别说什么万年千年就是百年之后，今天的人们又能给后人留下些什么呢？如此，还是最好别让子孙后代在历数今人罪过的时候再来悔悟为妙。

是的，没有什么比长城更能激起中国人的自豪和骄傲，同样也没有什么比长城遭受毁坏更让人心中悸痛。据"长城绿色工程万里行"考察团成员介绍说，长期以来由于沿线生态环境不断恶化，风沙正在吞没着长城，再加上人为的严重毁坏，如今只有三分之一的长城基本完好，另有三分之一残缺不全，还有三分之一已经不复存在了。面对这种状况，流泪的恐怕不只是长城这条世纪苍龙，还有钟爱长城的有识之士吧。

确实，近年来关于长城遭受毁坏的消息不仅来自新闻媒体，也从有关专家的呼吁中得以证实。2002年7月29日，全国人大环境与资源保护委员会、全国政协资源环境委员会、国家林业局和中央电视台联合组成的"西部大开发，建设绿色家园"长城绿色工程万里行考察团，从明朝长城东端起点辽宁丹东的虎山出发，历时35天，先后考察了河北、天津、北京、山西、内蒙古、陕西、宁夏、甘肃和新疆等10省、市、自治区的56个长城点，收集了大量一手资料，为后来制定长城保护措施提供了科学、可靠的证据。然而，考察团成员在考察中感触最为深刻的就是，长城沿线的生态环境遭受自然和人为的破坏相当严重，不仅风沙正在侵蚀着长城这条苍龙的肌体，低素质游人的涂鸦问题更是屡见不鲜，以至于许多景点刻画毁坏普遍，有的已经难以入目，且有三分之一的长城被风沙所湮灭，这让专家们深感痛心疾首。因此，专家们呼吁说，如果再不采取得力的保护措施，长城在数年之后将无法游览，遭受毁坏的也将难以恢复原貌。

在那次考察中，专家们考察的有山野长城，也有诸如八达岭等著名长城景区，而它们同样遭受着不同程度的损伤。2002年10月30日，《北京晚报》记者丁肇文在一篇报道中，就直接用"600千米长城面临垃圾威胁"作标题，报道了北京境内长城的毁坏现状，并引起有关部门和专家的关注。对此，八达岭特区领导近年来采取一系列保护措施，对八达岭商业气息浓厚遮盖长城原貌的问题进行改造，同时实施景区西移的宏大战略，科学地增加了一些人文景观，不断拓展长城文化的深刻内涵，使八达岭长城逐步走向古韵文化的氛围。据原八达岭特区公关部张智勇先生介绍说，八达岭特区的领导在治理、改造和完善长城景区上颇有长远眼光和魄力，虽然仅拆除长城上一些摊点就导致每年至少损失数百万元的收入，但是特区领导并不为眼前利益所迷惑，相反还投资数千万元兴建停车场和办公、服务等配套设施，以及增设新的小型人文景观。诸如修建了磁悬浮列车示范线，设置仿制古炮、长城诗词碑刻、景观文物解说碑，增设万里长城和平墙、北门锁钥和居庸外镇等古朴典雅的小景观等，都使八达岭走在了中国同类景区的前列。

当然，八达岭特区采取长城环境保护措施的得力，并不表示其就没有环保隐患存在，诸如游人垃圾的处理、汽车尾气的处理、嘈杂噪声的处理，以及私自攀爬野长城等行为，都是值得关注的问题。虽然像长城这样终年处于开放状态遗产地的管理有一定难度，但并非没有办法可行。诸如由曾经徒步中国长城的英国人威廉·林赛先生发起的国际长城之友协会，就积极开展了"北京人珍爱北京山野长城"等活动，并与户外用品知名品牌合作，把游人参观长城时应该遵守的一些行为规范和环保口号，印制在产品的标签上，以期引起人们对保护长城的重视。记得在那些行为规则中有的很琐细，但也是很客观实际的，诸如不随地乱扔并带走垃圾、走小路不踩农田、除非呼救不大声喧哗、不吸烟、不放炮、不用塑料袋，以及捡拾别人丢弃的垃圾和向路人宣传保护长城等这些行为规范，都很值得其他遗产旅游地进行学习和观照。

其实，自古以来中国历朝历代对长城的保护问题都十分重视，也不断进行着维护和修缮，才使长城历经数千年犹屹立在中华大地上。然而，对于长城这样一项伟大建筑的维修和保护绝非易事，无论从人力调配、材料来源、规划设计、具体施工，还是部署兵力进行分段防护，都是十分复杂而艰巨的。单从人力来源来说，自古大约有以下几个方面：一是戍守边关的军队，这是古时修筑长城的一支生力军。例如，秦始皇时代，大将蒙恬率领30万军队历时近10年时间才基本完成长城的修缮；汉朝的卫青、霍去病两员大将在击退匈奴之后，也领兵在边关大力修筑过长城；明朝大将军徐达和抗倭名将戚继光等都曾亲自督修过长城，才使今天的人们有万里长城的自豪和骄傲。二是征调全国各地的民工，这是修筑长城的一支重要力量。这一点不用多说，如秦始皇时征调约50万民工协助蒙恬修筑长城，才有了孟姜女哭长城的故事流传；北魏年间修筑今天大同南面的"畿上围塞"，就曾征调四州劳工10万人；征调劳工最多的隋朝，全国的青壮年男人几乎无处找寻，最后连寡妇都充实到修筑长城的大军中去了。三是发配充军的犯人，这当然是旧时的事。据史料记载说，秦汉时期有一种刑罚叫作"城旦"，就是专门惩罚犯人去修筑长城的。

旧时对于长城的维修和保护都如此重视，今天已经从祖先遗产中获益的人们为什么就淡化了对长城的保护意识和观念呢？为什么就可以对长城这条苍龙日夜流泪的状况置之不理呢？苍龙浊泪，泪流到何时？

◎ "非常时期"非常措施

把中国公民享受的几个长假称作"非常时期"，也许有多种含义，但这里只想就长假变成旅游高峰，并对世界遗产地造成一些负面影响做一番剖析。

把世界遗产地当作旅游资源，一味地挖掘其经济价值，无疑是一种错误观念。然而，世界遗产地又确实是最丰富的旅游资源，在每年那几个长假里世界遗产地游人如织的现象就是最好的证明。旅游经济要发展，世界遗产要保护，发展经济却损伤遗产，旅游与遗产到底应该如何和谐相处呢？中国社会科学院环境与发展研究中心在一次"中国的世界遗产管理之路"的研讨会上，许多专家指出，中国是世界遗产资源最丰富的国家，近年来人们对遗产的关注程度越来越高，遗产的申请和管理也进入快车道，但同时对世界遗产的保护也提出了更高要求。如何保证经济发展和遗产保护双赢，确实是一个迫切需要思考和解决的现实问题。

中国自1985年加入联合国教科文组织世界遗产委员会以来，被列入《世界遗产名录》的遗产数目逐年增加，遗产保护问题也被有识之士早早提出，并引起政府和有关专家的重视。而今，虽然中国中央政府和地方有关机构也积极采取措施对遗产地实施大力保护，但还没有形成比较完善的法律保护体系，更缺乏操作性很强的可行性具体规定，许多规定都只是从一时一地状况出发，没有从全局考虑问题，这一点与国际遗产保护标准确实有着很大差距。

按照国际社会公认的世界遗产保护标准来说，对世界遗产毁坏最大的有四类因素：一是自然灾害；二是武装冲突；三是城市建设；四是旅游开发。就中国的状况来讲，自然灾害毁坏遗产现象基本上可以避免或得到有效救护，而武装冲突毁坏遗产的就罄竹难书了，如鸦片战争时圆明园的毁灭，如太平洋战争使中国的"北京人"丢失，以及在其他战争里北京故宫和其他各遗产地都遭受过不同程度的毁坏，可以说每一处遗产地都有自己的一本"血泪账"。关于城市建设对遗产地的毁坏更是比比皆是，甚至有的遗产从此便永远地消失了，如浙江定海古城就是一个最典型的例子，而且有的还将这种改造旧城毁坏遗产的行为当作政绩。而今天，随着世界和中国旅游业的日益红火，一些地方对旅游资源过度开发，已经成为毁坏世界遗产的罪魁祸首。在以经济效益为中心的旅游开发中，遗产资源被浪费、毁坏的行为屡屡发生，而把这一切都归咎于一个"钱"字，似乎有点以偏概全的意味。中国地质博物馆研究员、建设部风景名

胜专家顾问潘江介绍说，这与一些人对世界遗产的价值和不可再生性的认识观念淡漠有关。

中国对待遗产的态度向来以保护为第一位，旅游只是增强保护能力的一种辅助措施。然而，许多遗产地在取得巨大经济效益的时候，往往对改进保护措施的投入较为吝啬，反而十分慷慨地大建宾馆、游乐设施和其他服务项目，这实在是有点本末倒置了。那么商业化旅游与遗产保护这对矛盾到底有着怎样的表现形式呢？如络绎不绝的游人超过敦煌石窟的承载量，游人呼出的二氧化碳致使部分壁画变色剥落，其毁坏程度比过去几百年来的侵蚀还要严重。如丽江古城成为世界文化遗产后，由于巨大的利益驱动，许多居民把自己的住房改成商业店铺，不仅自家经营，还大批出租给外地人，使原本历史韵味十足的街区演变成商贸旅游区，毫无特色可言。如景致胜于五岳的黄山为应对越来越多的游人，不仅修建了好几条登山索道，还计划修建几座水库，这都使黄山承受着巨大损坏。再比如江苏周庄列入《世界遗产名录》后，仅有0.47平方千米的弹丸之地就堆积着某一种特产商店数十家，那种商业气息遮盖了历史文化，庸俗的氛围实在让人扼腕叹息。

世界遗产的价值绝对不能等同于旅游经济的增长，它更应该成为各个时代人类文明的一种标志，成为人们了解历史、了解文明的圣地，成为进行爱国主义等各种正面教育的基地。还是那句话，对于世界遗产后人只有保护的职责和义务，绝对没有亵渎毁坏的权利。今天，无论是发展经济，还是别的什么原因，都不应该成为毁坏遗产的借口。当然，经济建设是中国目前的中心工作，特别是近年来旅游经济成为第三产业的支柱，让人们倍加重视。关注旅游经济发展，并不等于忽视或者漠视遗产保护。从某种意义上说，遗产地是旅游经济的最大增长点，而且潜藏着无限商机，但这必须建立在对遗产进行有效保护的基础上。人们在从遗产身上获取巨大经济收益的同时，为什么对少许的保护投资就如此吝啬呢？说到底，这就是一种短视行为，或者是利欲熏心所致。

其实，从一些地方政府不惜投巨资申报世界遗产，成功后拼命从遗产身上赚取高额回报的心态就可以明了其当初动机了。这一点与国外遗产地保护重于经济发展的做法相比，简直可以说是大相径庭。为了有效地保护世界遗产，许多国家都采取了各种有效方法。如美国黄石公园的抓阄限制法，每天只有少数几名"幸运者"能够进入公园栖息地。如中国澳门采取文化遗产意识项目和评选遗产形象大使等方法，使许多年轻人积极主动投入世界遗产保护的行列中。这些方法并非单纯的保护措施，而是在有效保护前提下发展旅游经济的明智之举。中国国家历史文化名城研究中心主任、同济大学阮仪三教授说，遗产保护永远是第一位的，有遗产才有遗产地的旅游，才有旅游经济的增长。如此简单的道理，许多人竟是等到遗产遭到毁坏，甚至毁坏殆尽时才意识到，这难道不是一种可悲吗？事实确实如此，从近年来旅游与遗产双方日益突出的依赖性来就可以看出，人们应该从这些道理中有所醒悟才是。遗产成为旅游经济发展的奠基，旅游经济为遗产保护提供资金后援，这才是双赢的最佳方案。

近年来，随着政府重视、专家呼吁和新闻媒介报道，许多遗产地开始认识到保护遗产的重要意义，也采取了一些措施对遗产进行保护，效果也较为明显。如1998年天坛被列入《世界遗产名录》后，在保护和管理中不断加大科技含量，投资数百万元安装电视监控和报警系统，还建立电子导游设施，大大减轻游人个体对遗产的毁坏程度。如敦煌采取最先进的计算机图形图像技术，把敦煌壁画制作成三维立体图像，避免人为地对壁画的毁坏。同时，敦煌还推出提前预约旅游的措施，减少游人过于集中对遗产造成的影响。例如四川乐山大佛利用超声波等高科技手段，检测出大佛"病因"后积极研究造像岩体风化技术，以及旅游资源开发管理信息系统，有效地保护了大佛，还使中国文物保护科学研究水平走在了世界前列。再如北京八达岭长城，针对遗产常年裸露在

风雨之中的特点，除了表面加固防护外，还大力着眼于游人对长城环境污染的治理，效果也同样是有目共睹的。

非常时期，非常措施，应该成为旅游地的一种习惯。

◎ 全民动员护长城

其实，无论从《中华人民共和国文物保护法》的明文规定，还是就人的本性与良心而言，面对祖先留下来的遗产，人们都只有维修、保护和传承的义务和职责。然而，毁坏还在继续。如此，关于保护世界遗产的专门法规应该到了呼之欲出的时候了。

是的，就拿长城来说吧，北京市文物局针对长城遭受毁坏程度严重和保护措施日益严峻的形势，就积极征求有关专家的意见和建议，主动着手制定专门用于保护长城的第一部局域性法规。据有关人士透露，制定这部法律的重点就是对北京境内长城的墙体、主要附属设施和区域环境进行有效保护。我国第一部为保护长城量身定做的这一法规，主要内容包括：一是对长城建筑本体的保护，即禁止在长城上开发、增建附属设施，禁止在附近挖取沙土和乱砍林木等；二是对长城周边的保护：如在长城墙体外围线200米范围内，禁止新增建筑物；对于八达岭长城等旅游景点，保护范围超过200米；对于十分偏僻的山野长城段，则禁止乱砍滥伐、禁止直接对长城建筑造成损害等。此外，对长城周围建筑的设计、高度和形体等都有严格要求，绝对不允许有与长城建筑本身不协调的建筑出现。当然，如今不单是长城制定了专门的保护法律，其他遗产地也有专项保护法规出台。法律规范游人的行为是可行的，但如果法律用于惩治多于规范，就显得有点可悲了。法治是社会前进的方向，德治更应该成为人类的自觉。这不只是一种希望。

其实，在《保护世界文化和自然遗产公约》第27条中有这样的规定：缔约国应通过一切手段，努力增强本国人民对遗产保护的意识和责任。在这方面，中国政府的态度向来是积极的，而民众在许多时候则显得缺乏主动性，这除了他们对遗产不可复制价值的认识不够深刻外，还有就是没有养成一个文明的习惯。保护遗产绝对不是某人或某个单位部门的事，它确实需要全民行动起来，参加到自觉的保护遗产行列中来。为此，中国的专家学者功不可没，如促进中国加入世界文化和自然遗产保护公约的推动者侯仁之先生就是值得书写的一位。

广告明星、形象代言人，似乎都是俊男靓女们的专利，而年逾古稀的学术泰斗、历史考古学的专家们也过一把广告明星的瘾，实在是中国学术界和广告界的新鲜事。据《华夏时报》记者报道，侯仁之先生生前在北京大学燕南园接受采访时，对该报自创刊以来积极宣传遗产保护的做法表示赞扬，非常愉快地同意担任该报"保护世界文化与自然遗产公益广告"形象代言人的请求，这是继国学大师任继愈之后第二位学界泰斗担任公益广告代言人。其实，无论是任继愈还是侯仁之，中国专家学者向来对历史文化遗产保护工作十分重视，一直站在遗产保护的前沿。因为他们明白最能体现一个民族性格和风格的，莫过于对这个民族的文学、历史、哲学、宗教和地理的研究，也只有通过这些可视的人文科学的考古研究过程，才能最深切地了解到人类自身的衍变和发展历程，才能勘破其中深层的文化奥秘。

当然，中国对待文化遗产的方针历来就是"保护为主、抢救第一"，世界遗产公约中对缔约国的五条责任中有三条是关于保护和传承的。北京大学世界遗产研究保护中心主任谢凝高教授生前曾说，作为世界上独一无二的世界遗产，不应该成为某一代人奢侈享受的消费品，而是要世世代代完美无缺地留传下去。当然，完美无缺的留传离不开有效的保护，但保护并不等于深藏起来不示于人，而是要最大限度地发挥出遗产的价值，起到一种文化研究、开启智力、综合教育和旅游观光的作用，让世人认识、学习和领悟这些文化瑰宝的

精神内涵。有着如此重要意义的世界级历史文化遗产，中国在申报过程中确实也经过了一番艰苦努力，除了邀请国内外知名专家学者对每一处遗产地进行考察规划外，还斥巨资拆迁周边有碍遗产完整性的违章建筑物，甚至为此还付出很大的代价。然而，申报世界遗产一旦成功，一些遗产地却"好了伤疤忘了疼"，不知道吸取经验教训，只会一味地追逐金钱利润的增长，使不少破坏性建筑又死灰复燃地建在遗产地周边甚至是腹地，使以往的努力付之东流。

一般游人的个体毁坏，也许微不足道，而短见的某些地方政府和领导的利欲熏心，就常常使遗产地处于尴尬境地。许多宣传、教育或动员都是针对一般老百姓的，做动员、搞教育的宣讲者又多是政府和领导们，简直有点不着主旨、缘木求鱼的意味。这一点，在山西平遥古城有所体现，在河北承德避暑山庄有鲜明例证，在安徽黄山也有解释，在山东"三孔"更是表露得淋漓尽致。而关于长城，不仅历来重视宣传保护工作，而且其本身就带有宣传的功用，可比如周口店之类的一些文化遗址，既没有恢宏的建筑美感，又没有风景名胜的可看性，除了灰旧的山石土块，就是破败山洞，连最起码维持日常工作的资金保障都十分困难，更别说投资用于宣传保护了。所以，提高民众认识、欣赏遗产水平的任务也是当务之急，否则蕴含丰富人文精神的遗产地实在是难以让人提起观瞻兴致，又何谈去尽什么保护的职责呢？

动员民众保护遗产的积极性还有一种方法，那就是伟人的关注。记得一代伟人毛泽东在写下"不到长城非好汉"的诗句后，别说中国人，就连外国一些元首也非要爬爬长城当一当好汉不可，使长城知名度直线攀升，其动员民众保护长城的效果自然不同一般。再如，邓小平和习仲勋为八达岭长城题写"爱我中华，修我长城"后，全国上下掀起了一场修缮、保护长城的高潮，许多长城地都投入大量资金用于古旧长城修缮，使一些原本不为人知的长城焕发出新的雄姿，让人们对长城有一个认识上的更新，旅游收入也大大增加。

长城，在未来的岁月里祝你好运！